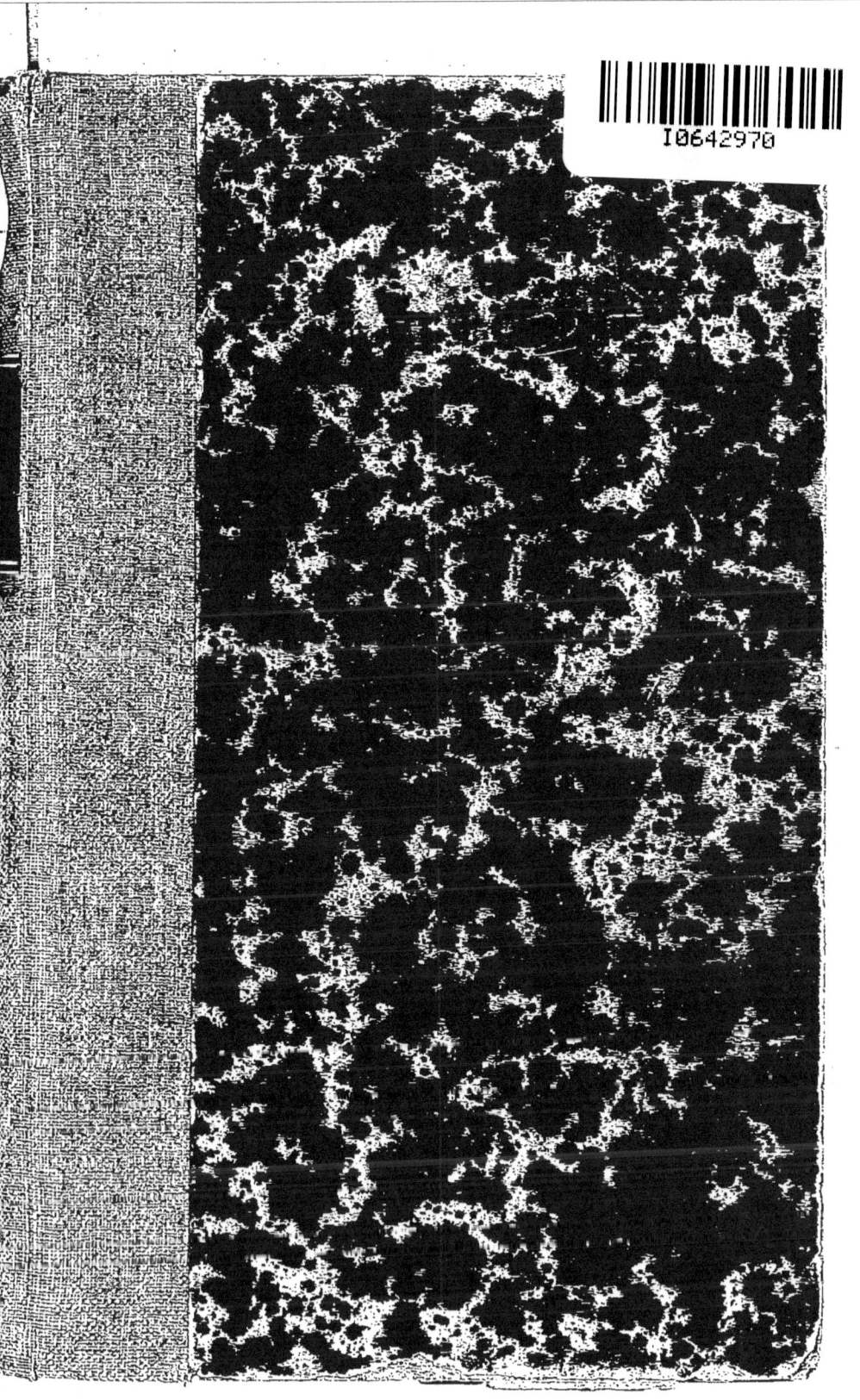

MAURICE BARRÈS

DE L'ACADÉMIE FRANÇAISE

HUIT JOURS
CHEZ M. RENAN

TROIS STATIONS DE PSYCHOTHÉRAPIE

TOUTE LICENCE SAUF CONTRE L'AMOUR

PARIS

ÉMILE-PAUL FRÈRES, ÉDITEURS

100, RUE DU FAUBOURG-SAINT-HONORÉ, 100.

PLACE BEAUVAU

1913

HUIT JOURS

CHEZ M. RENAN

TROIS STATIONS DE PSYCHOTHÉRAPIE

TOUTE LICENCE SAUF CONTRE L'AMOUR

OEUVRES DE MAURICE BARRÈS

Collection à **3 fr. 50** c.

LE CULTE DU MOI

LE ROMAN DE L'ÉNERGIE NATIONALE

LES BASTIONS DE L'EST

MAURICE BARRÈS

DE L'ACADÉMIE FRANÇAISE

HUIT JOURS
CHEZ M. RENAN

TROIS STATIONS DE PSYCHOTHÉRAPIE

TOUTE LICENCE SAUF CONTRE L'AMOUR

PARIS

ÉMILE-PAUL FRÈRES, ÉDITEURS

100, RUE DU FAUBOURG-SAINT-HONORE, 100

PLACE BEAUVAU

1913

Exemplaire tiré spécialement pour l'auteur.

6 6

Les pages que voici, je les ai écrites, il y a bien longtemps, quand je débutais dans les lettres et quelques-unes même quand j'étais étudiant. Les plus anciennes, qui devaient être réunies sous ce titre Huit jours chez M. Renan, ont paru dans le Voltaire au mois de mai 1886.

M. B.
1913.

DÉDICACE

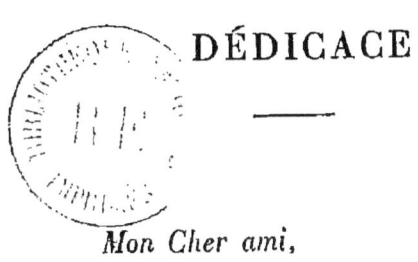

Mon Cher ami,

Un publiciste judicieux a écrit des CONVERSATIONS DE GŒTHE AVEC ECKERMANN que, si elles n'avaient pas été tenues réellement, il faudrait les inventer.

M. B.

Paris, 1888.

AVERTISSEMENT

DE LA DEUXIÈME ÉDITION

Cette fantaisie accueillie avec faveur, je puis bien le dire, par des lettrés délicats et prudents, n'a pas été comprise de tous dans l'entourage de M. Renan.

Au dessert d'un banquet celtique, l'illustre vieillard, couronné de ses Bretons familiers, a cru devoir protester contre les pages qu'on va lire. Son charmant petit discours m'a étonné. Comme me voilà méconnu par un maître que je goûte fort !

*La dédicace pourtant, l'épigraphe em-
pruntée à Sainte-Beuve, et l'atmosphère de
chaque phrase indiquent nettement mon idée.
J'essaie un dialogue dans la manière qu'a
imaginée Platon pour peindre mieux, chez
son maître Socrate, l'attache des idées et de
l'homme. Fût-il jamais divertissement plus
intellectuel ?*

Dernièrement, j'en causais avec mon ami
Simon : «Ces susceptibilités, m'a-t-il dit, je
les crois excessives, mais leur sincérité les
fait trop légitimes pour que vous n'en teniez
pas compte.» Sur son avis, j'ai donc effacé
quelques lignes d'une œuvre que tous deux,
d'ailleurs, nous trouvons respectueuse pour
un maître sans qui plusieurs façons de sentir
et de penser ne seraient pas.

« Vous parlez de Renan, me disait encore
Simon, sans préoccupation de lui plaire ou

de lui déplaire, simplement en familier de
son œuvre. A mon avis, vous n'avez pas
dépassé votre droit de critique et d'humo-
riste. Mais ce ton, fort reçu envers les morts,
sied-il avec les vivants? On s'accorde, pour
l'ordinaire, à parler de ceux-ci avec habileté,
et de ceux-là seuls avec sincérité. C'est affaire
d'éthique personnelle. »

M. B.

Paris, 1890.

NOTE DES ÉDITEURS

SUR LA TROISIÈME ÉDITION

Ces pages de critique pittoresque venaient de paraître dans la *Revue de Paris et de Saint-Pétersbourg* dirigée par Arsène Houssaye. M. Ary Renan, qui était d'ailleurs un artiste exquis ne les comprit pas ; il fit défense à l'auteur de republier jamais cet essai. C'était l'obliger à chercher et à trouver un éditeur. En effet, peu de semaines après, Dupret, 3, rue de Médicis, mit en vente la petite brochure qui devait faire plus de bruit qu'un gros livre et que M. Barrès n'eût pas jugé intéressant de publier, affirme-t-il, sans la nécessité où le mit une si maladroite démarche. Pour s'édifier sur cet incident, les curieux pourraient se reporter aux *Débats* du lundi 12 mars 1888, au *Temps* et au *Voltaire* du mardi 13. Ils trouveraient une courte réponse de M. Barrès dans le *Voltaire* du 22 mars.

Cette première édition de 1888 est introuvable; la deuxième de 1890, chez Perrin, assez rare. Si l'on cherche pourquoi l'auteur a laissé en dehors de son œuvre ces pages, bien qu'elles eussent été favorablement accueillies, quelques lignes de *Du Sang* peuvent nous fournir l'explication : « Dans le goût d'une autre brochure intitulée *Huit jours chez M. Renan,* j'ai écrit jadis un essai de critique pittoresque sous ce titre suffisamment explicatif : *M. Taine en voyage.* Comme j'ai eu l'occasion de constater qu'on

peut froisser ceux-là mêmes qu'on goûte le
plus et qu'il m'eût été insupportable de
froisser M. Taine, à qui nous devons de
grands bénéfices intellectuels, j'ai renoncé
à ce petit travail. Après cinq années de
tiroir, il doit sentir le moisi, et ce n'est pas
la mort de M. Taine qui donnerait de la
convenance à un ton qui d'abord eût paru
dégagé. De ce mince cahier de plaisanteries
un peu livresques, mais pas plus repro-
chables qu'il ne se les permit sur les philosophes classiques, je me rappelle etc. »
(Le roman du lac de Come).

M. Barrès d'ailleurs s'est expliqué devant
nous sur le scandale qu'il avait involontai-
rement causé dans l'entourage de M. Renan.

« Les amis de ce grand homme, nous a-
» t-il dit, eussent voulu que je le traitasse
» avec plus de réserve qu'il n'avait lui-

» même traité les héros et les saints. Ils
» disaient, en levant leurs bras, qu'il était
» un auteur vivant. Pitoyable raison ! Que
» pour les gens de l'Institut, des salons et
» de sa famille, M. Renan fût un homme
» en chair et en os, c'est possible, c'est
» indéniable, et par la suite moi-même je
» le vis sourire, parler, manger, mais pour
» moi, dans ma petite chambre d'étudiant
» ignoré, il était trente chefs-d'œuvre sans
» plus, que mon âme seule animait. Vivant,
» le vieux M. Renan pour le jeune M. Bar-
» rès? Quelle folie ! Croyez-vous donc qu'il
» soit jamais venu s'asseoir à ma table de
» la bibliothèque Sainte-Geneviève?

« Le jour qu'il protesta, je faillis m'é-
» touffer de mes rires. Qu'on fasse taire ce
» plaigneur disais-je, il va me gâter l'auteur
» des *Dialogues philosophiques.*

« En mûrissant, en vieillissant, j'ai perdu
» de mon idéalisme. Je n'excuse plus au-
» jourd'hui cette sorte d'ivresse que me
» donnait la pensée renanienne et qui me
» poussait, explique qui pourra, à bâton-
» ner lyriquement mon maître. »

C'est le texte de 1890 que nous avons
réimprimé. Toutefois l'auteur l'a relu. En
outre il nous a permis de joindre à notre
édition, (la troisième par conséquent) deux
chapitres nouveaux : *M. Renan au Purgatoire* et une variation d'après M. Charles
Laurent sur *le Regard de M. Renan*. Pour
être plus complet, peut-être eût-il fallu
joindre à ces trois fantaisies certain épisode
de *Sous l'œil des Barbares* et le préambule
du *Jardin de Bérénice* ?

LES ÉDITEURS

Février 1904.

HUIT JOURS CHEZ M. RENAN

> Et pour parler convenablement de
> M. Renan lui-même, si complexe
> et si fuyant quand on le presse et
> qu'on veut l'embrasser tout entier,
> ce serait moins un article de
> critique qu'il conviendrait de faire
> sur lui, qu'un petit dialogue.
>
> SAINTE-BEUVE.

On sait que M. Renan possède à Perros-Guirec (Côtes-du-Nord) une petite maison d'été, où il passe chaque année les mois chauds.

I

A TABLE

Pendant le dîner, qui fut simple,
M. Renan vint à parler d'un jeune homme
de Perros-Guirec :

— C'est un excellent esprit; il est institu-
teur à Versailles; il voudrait quelque avancement dont il est digne; je l'ai recom-
mandé à mon ami le vice-recteur de
l'Université de Paris. J'ai écrit cette lettre
avec plaisir. Et je fais valoir que son frère
est mort au Tonkin.

Il aurait continué de la sorte ; un des convives que je crois professeur du Collège de France, avec un peu d'impatience, l'arrêta :

— Mon cher maître, vous n'avez rien écrit, quoique je vous aie prié souvent de penser à ce jeune homme...

— Je l'ai oublié ? j'en suis fâché ; c'est un très bon esprit, un excellent sujet : il méritait son avancement.

Il y eut un silence, pendant lequel je me demandais s'il était aimable de sourire ou de n'avoir rien entendu.

M. Renan, qui s'aperçut de mon indécision, me dit :

— Il faut l'avouer, j'ai des distractions. C'est que je suis un passionné, le plus passionné des hommes.

— Nous croyons tous, monsieur, que vous avez vécu comme un sage.

— Je ne suis un sage que depuis que les hasards du succès m'ont fait paraître tel. Toute ma vie je fus consumé de passion. Pour la satisfaire, j'ai repoussé de vieux amis et peiné les êtres qui m'étaient le plus cher. J'ai renoncé à un succès certain et immédiat à l'âge où on y trouve réellement de grands avantages. Jusqu'à cinquante ans, je ne me suis jamais couché avant les deux heures du matin. Enfin j'ai abîmé mon estomac. N'est-ce pas, monsieur, le fait d'un homme passionné? Pour connaître les origines de notre foi, j'appris l'hébreu, le syriaque et le chaldéen : travaux délicieux, et tels qu'aucune amante n'aurait su comme eux remplir ma vie. Je crois que Don Juan eut un cœur moins ardent que ce petit philosophe que j'étais, sous la froide charmille janséniste de Saint-Sulpice.

« Madame Sand, qui m'aimait beaucoup,
me pria un jour au Magny ; elle voulait
qu'en dînant je séduisisse son ami Gautier.
Nous passâmes deux heures d'une fine
intimité d'esprit. J'admirais Gautier. Je fus
frappé du découragement de ce grand
artiste. Quoi ! ses phrases éclatantes, la
belle netteté de sa vision, lui laissaient le
loisir d'être inquiet ! C'est que de courts
poèmes, un conte parfait, ne nourrissaient
pas assez régulièrement sa passion. Son
enthousiasme avait des répits, des jours de
diète ou de viande creuse de journaliste. Il
lui fallait s'efforcer ensuite, et repartir sur
de nouveaux frais. Pour moi, j'ai donné,
chaque matin, à ma passion un diction-
naire et un lexique à dévorer. Le champ des
études historiques où je vis est immense,
et, s'il venait à nous manquer, j'entrevois

les sciences naturelles, qui sont inépuisables.

« Madame Sand demanda à Gautier comment il m'avait trouvé. Il répondit : « Renan, c'est un calotin. » Il avait bien raison. J'ai toujours rêvé de m'enfermer dans une œuvre idéale. J'ai fait ma vie pauvre, pleine d'émotions intimes, exempte des soucis matériels et des influences extérieures. Tandis que d'autres passaient superbes de vie, livrés aux tourments et aux jouissances, peut-être quelquefois ai-je trop admiré leur sang si chaud et leur jeunesse orgueilleuse. Mais j'ai bien vite reconnu, sous la magnificence de leurs attitudes, *l'ignominie du siècle,* la tristesse de tous les désirs. Je m'en suis tenu aux choses de l'âme, je suis un prêtre... »

Je ne sais quelle maladresse fut commise

dans le service; le maître, au lieu de s'en fâcher, sourit, disant à peu près :

— On ne peut plus rien faire de ces filles depuis que des journalistes sont venus à Perros. A ces messieurs tous moyens étaient bons pour connaître des détails de notre vie. Ils surent paraître séduisants à ces sauvagesses... Ils avaient raison, continua-t-il en me versant un verre de fine champagne ; moi-même, pour connaître les secrets de Dieu, j'ai fréquenté ses serviteurs. C'est d'eux que j'ai appris le ton et les anecdotes qui plaisent dans mes ouvrages.

Nous passâmes sur la terrasse. A travers une éclaircie des arbres on apercevait la mer, et cette masse d'émotion confuse qu'est l'océan, le soir, faisait paraître bien petites ces coquetteries d'esprit.

Quelques jeunes gens, Parisiens en villégiature à Perros, vinrent nous rejoindre, qui s'amusèrent à chanter des chansons bretonnes. M. Renan, pour les obliger, entonnait avec eux le refrain de *la Reine Anne*. Puis, il se tint à l'écart approuvant de temps à autre, jusqu'à ce qu'il obtînt le droit de se faire oublier (1).

Cette fois encore, je fus émerveillé par l'écrasante bienveillance de M. Renan. L'ironie métaphysique est une excellente attitude en face d'un univers qui manque décidément d'imprévu. Ce n'est pas la facétie d'un homme pour qui le sort fut favorable, mais la clairvoyance d'un haut esprit,

---

(1) On sait, du reste, que M. Renan ne fait aucun cas des jeunes littérateurs. Il pense justement que c'est prétention et échec d'écrire avant la quarantaine. La France meurt des gens de lettres, me disait-il un jour.

résigné à l'irrémédiable bassesse du plus
grand nombre des minutes que vivent les
hommes et qu'il vit soi-même. Tandis qu'il
roule sur ses épaules sa tête grossièrement
ébauchée, et qu'il tourne ses pouces sur
son ventre merveilleux d'évêque, tous lui
sont indifférents. Il ne s'intéresse qu'aux
caractères spécifiques ; pour lui, l'individu
n'existe pas.

II

EN PROMENADE

Vers les quatre heures, en longeant
l'Océan, nous sommes allés à Perros-Guirec,
qui est un petit village de baigneurs, à
huit cents mètres de la maison Renan. En
avant, avec sa maîtresse et son maître-
nageur, marchait mon ami Simon, qui a
peu de goût pour la compagnie des gens
de lettres, fussent-ils les plus notoires du
monde. « Ce sont personnes susceptibles,
me dit-il, et leur vanité, excusable dans

leurs œuvres, n'est pas justifiée le plus souvent par leurs agréments mondains. »
L'illustre penseur, considérable, et son
chapeau à la main, traînait un peu à cause
de ses rhumatismes. Nous étions fort salués,
et il paraissait jouir de cette bienveillance
de l'automne et des gens. Après qu'il eut
un peu soufflé, il me parla de cette douceur
qu'il goûtait à être aimé dans son pays
natal, où jadis on l'eût écharpé.

— A Ischia, me dit-il, je passais des
étés délicieux avec Hébert, mais cette terre
d'Italie, courtisane qui ne s'est jamais re-
fusée, ne sut s'assurer mon cœur. Il me
fallait le foyer de mon père, la vie de Bretagne. Croyez-moi, c'est une idée excessive
de leurs devoirs qui poussait mes compatriotes à violenter leurs âmes. Ils m'ont
toujours aimé sans qu'ils le sussent. Le

directeur de Saint--Sulpice, l'abbé Le Hir
(Arthur–Marie), était de Morlaix. Il fut
attristé par la flexion que je dus imprimer
à ma vie. D'une haute science d'orienta-
liste, il eut à reviser à son point de vue
mes travaux. Il fut brutal. C'est le ton des
prêtres dans leurs polémiques. Mais il s'en
excusait presque. Il écrivait : « M. Renan
» a–t–il encore le droit d'exiger de nous
» que notre indignation se contienne ? En
» repoussant ses attaques, nous ne faisons
» que nous défendre ; nous soutenons une
» lutte généreuse pour ce que l'homme a
» de plus cher et de plus inviolable, *pro*
» *aris et focis* (1). »

---

(1) Dans cette citation et les suivantes, on a rétabli le
texte exact. *Epigraphie phénicienne,* juin et juillet 1864,
dans les *Etudes religieuses, historiques et littéraires.*

Il s'agissait de ma mission en Phénicie,
et cet excellent homme continuait avec la
gaucherie la plus adorable du monde :
« M. Renan sait que je ne le hais pas. Plût
» au ciel que la Providence, qu'il n'invoque
» plus, fît tomber entre ses mains quelques
» rouleaux poudreux, enfouis pendant des
» siècles, où fussent consignées les annales
» de Tyr et de Sidon ! Plût au ciel que,
» laissant là la Bible, il s'honorât lui-même,
» en honorant sa patrie, par des travaux
» d'histoire et d'archéologie sur les pays
» qui ont été le théâtre de ses recherches !
» J'applaudirais à ses efforts, je louerais
» ses succès, et, s'il était nécessaire, j'ex-
» cuserais ses écarts, dont les plus habiles
» ne sont pas sûrs de se préserver. Mais
» c'est lui qui nous oblige à changer notre
» voie. » Et à la fin : « J'achève ma tâche,

» disait-il, avec la douloureuse perspective
» d'éloigner pour longtemps un ami des
» jours anciens que nos bras ouverts ne se
» sont pas lassés d'attendre, mais avec la
» conscience d'accomplir un devoir. »

[Tandis que l'épiscopat presque entier,
m'injuriait avec colère, Le Hir est avant
tout peiné. Il souffre de me haïr. Ce n'est
qu'en se forçant qu'il grossit sa voix. Tel
fut le cœur de la Bretagne à mon égard :
elle m'adora toujours... Il n'en est pas moins
vrai, ajouta l'illustre vieillard en levant
soudain ses paupières sur un regard magnifique de glace et d'intelligence (1), il n'en
est pas moins vrai qu'il y a vingt ans
tout ce monde-là se fût sanctifié à me mettre
en pièces./

---

(1) Voir la note à la fin du volume, sur le Regard de
M. Renan.

— Je pense qu'aujourd'hui notre sécurité est parfaite, lui dis-je en m'essayant à
plaisanter.

— J'invite les maires à dîner, volontiers.
On voit les sous-préfets et les chefs de gare
pleins de prévenance à mon endroit. D'ailleurs ici, à deux pas de Lannion, nous
sommes dans un pays civilisé par les baigneurs. Mais il ne conviendrait point que je
m'aventurasse dans une réjouissance du
Finistère, dans un *pardon*, veux-je dire,
parmi quinze cents gaillards d'intelligence
courte, touchés d'alcool et qu'un geste du
vicaire peut déchaîner. Je retrouve de
vieilles relations de familles. Si vous étiez
Breton, nous serions cousins; la politesse
le veut. L'autre jour, à la gare de Lannion,
un aiguilleur a serré la main de mon fils
Ary, et lui a dit que j'étais un brave

homme, que mon père avait été son par-
rain. Puis il l'a chargé de me souhaiter le
bonjour. Au vrai, ma mère n'a laissé ici
d'autres parents que Joseph Morand. (M.
Renan disait *Joson*, et m'ajoutait que lui-
même, sa mère l'appelait *Ernestic*). Morand
est avocat à Lannion, où son père, jadis,
fut greffier du tribunal. Nous nous sommes
beaucoup aimés. En 1830, j'avais huit
ans ; ma mère et moi, nous étions chez les
Morand, au manoir de Travern, près de
Trebeurden, au bord de la mer. Je vois
encore notre banc de pierre abrité de la
brise, et les vagues qui se pressaient. Je
lisais Télémaque. Ma mère aimait beaucoup
Télémaque, monsieur. C'est un bien beau
roman. Et une vieille femme accourut
disant : « *Ar revolution so e Paris !* La
révolution est à Paris ! » Nous restâmes

désespérés, à cause de mon frère Alain qui
était là-bas, et nous pensions qu'on allait
tout tuer.

Je ne sais comment M. Renan me dit
cette histoire, mais j'y trouvai, dans un
raccourci touchant, ce milieu étroit et sen-
timental où, petit enfant près de sa mère,
il préparait son génie.

Avait-il deviné mon émotion? Il me dit
d'un ton affectueux :

— Vous aussi, vous aimez Télémaque.
Eh bien! venez demain matin, je vous
lirai les pages chimériques que je me plus
à écrire en rêvant que Fénelon m'eût
approuvé. Vous voulez savoir d'un vieil
homme s'il est heureux. Vous doutez qu'il
lui suffise d'avoir écrit des pages qui plaisent, et de dîner avec de belles amies à
Paris. Le vieil homme vous montrera que

son bonheur est la certitude qu'il n'a pas démérité du petit garçon de Trebeurden, qui lisait Télémaque à sa mère auprès de l'Océan.

Simon, qui a ses habitudes, venait d'entrer dans la petite pâtisserie de Perros. J'allai le rejoindre, car je sais que M. Renan aime marcher seul. Et puis il affectionne un certain nombre de considérations étymologiques, sur l'île *Tomé*, par exemple, dont le nom vient de *Stoma*, grec, ou de *San tome*, espagnol, qui, je l'avoue, m'ennuient.

III

DANS SA BIBLIOTHÈQUE

Comme M. Renan m'y avait engagé, je suis venu chez lui, au matin. On me pria d'attendre dans la bibliothèque; j'ai préféré visiter le jardin, car ces matinées de Bretagne sont admirables et joyeuses. Ce bouquet d'arbres dans cette gorge, la mer belle à l'infini devant moi, ce sol antique et couvert de divinités tristes, et là, dans cette petite maison de briques, l'intelligence la plus claire, la plus ornée que je sache, tout m'enchantait. Et j'étais orgueilleux de moi-même, parce que je sentais si profondément les choses.

Le maître m'appela depuis la terrasse. Dans la bibliothèque, nous avons un instant regardé ses livres. Je crois bien que le plus fatigué est le traité de Cousin, *Du vrai, du beau, et du bien.*

— C'est, me dit-il, un maître presque complet, un écrivain éloquent et un manieur d'hommes... Mais peut-être ne voyait-il pas de différence très nette entre l'influence de Jésus sur les Apôtres et sa propre dictature à l'École normale (1).

_____

(1) C'est ici le passage qui semble avoir le plus ému M. Renan en 1888 ; il affirme que j'ai mal exprimé son opinion sur Cousin. Mais lui-même, je crois qu'il ne m'a pas compris : c'est qu'il ne m'a pas lu. Il a bien raison, mais alors pourquoi risque-t-il de me chagriner ?

« On a vu dans ma bibliothèque, a-t-il dit aux Bretons

M. Renan me dit encore :

— Il est vrai qu'on veut bien m'offrir beaucoup d'intéressants volumes. Un jour décidément, il fallut que je priasse un libraire de me désencombrer. L'homme

---

du *Dîner Celtique*, un livre bien fatigué. On en a conclu que c'était mon livre de prédilection. C'était un Cousin... et alors... C'est là un genre d'induction véritablement un peu hasardé, et qui me fait énoncer des opinions qui sont l'inverse absolu de la vérité... »

En quoi ai-je donc blessé la vérité ? Je dis (d'après un rédacteur du *Parti National)* qu'on voit chez Renan un traité *Du Vrai, du Beau et du Bien* très fatigué. Je n'en conclus pas un instant que M. Renan préfère ce livre à tous autres; je ne dis même pas qu'il le goûte un peu. Mon personnage se borne à constater l'influence qu'eut Cousin, ses qualités d'homme d'action, sa dictature à l'École Normale. Ce sont des faits que personne ne saurait nier. L'éloquence littéraire de Cousin, M. Renan l'a jadis célébrée. Du caractère de l'homme, de la conscience du penseur, *mon* Renan ne dit pas un mot; il s'en tient à une réticence ironique C'est qu'en effet M. Renan a toujours négligé de s'expliquer nettement sur Cousin. Cela jadis aurait pu être utile... Ah ! que voilà de vieilles histoires.

jura qu'il ne me laisserait pas l'ennui d'enlever les dédicaces, et qu'il y suffirait avec son petit commis. Je me méfie trop peu de la malice humaine... C'est depuis cette époque que j'ai reçu des lettres anonymes, où l'on me tutoyait, monsieur. Comme il était judicieux, l'abbé Carbon, de Saint-Sulpice, de n'aimer guère le talent et de nous assurer qu'il est la source des vanités les plus désordonnées !

Quand nous fûmes montés au premier étage dans son cabinet, dont l'entrée est une très grande faveur, Renan ouvrit un manuscrit intitulé *Souvenirs de vieillesse*.

J'ai noté le soir même ce que j'entendis. Mais je crains qu'on ne trouve ici qu'un miroir bien obscur des visions délicieuses que je dus à M. Renan, en cette belle matinée.

SOUVENIRS DE VIEILLESSE

M. Renan rappela ainsi le banquet de Tréguier, du 3 août 1884 :

. . . .

« Tout ce qui se dit sous la rose, selon le proverbe des anciens, me parut toujours devoir être tenu secret. Nous avons dîné sous un verger en fleurs. Parmi cent cinquante convives, j'étais placé entre l'adjoint et le maire, les plus vieux du pays. Si j'ai eu quelque talent, ç'aura été de comprendre l'âme naïve du peuple. Et pourtant mes deux voisins m'ont-ils trouvé intéressant ?

» Quand Nicolas Quellien eut dit ses vers mythiques, que je connais si bien, je me levai...

2

» Cette race idéaliste des Bretons cherchait dans le cidre ce don de poésie que le
monde m'a accordé. Mes jeunes amis de
Paris interrogeaient curieusement le front
charmant de nos filles de Bretagne. Je
promis à des poètes la bienveillance de
Calmann Lévy, puis çà et là quelques
bureaux de tabac. Seul, je descendis les
rues étroites et tortueuses de Tréguier. Je
traversai la place de la Levée, au ras de la
cathédrale et du cloître, jusqu'à la petite
rue Stanko. Chaque pas me troublait de
souvenirs.

» Cette soirée passée dans l'étroite ville
de mon enfance, où j'avais si peu prévu
mon avenir, me reviendra, je crois, à mon
lit de mort. Ému presque mystérieusement
à l'idée que sur cette pierre, où, vieillard
illustre, je m'accoudais, j'avais jadis tant

joué avec mes petits camarades, je vis du coin de ce cloître se lever sur la route de ma vie des scrupules qui me remuèrent douloureusement.

» Non, mon œuvre n'est pas mauvaise ! non, je n'ai rien renié ! J'ai appris à faire des plaisanteries que je ne goûte guère, mais je garde tout mon amour pour la flèche légère de cette église. Quand on croyait que je l'ébranlais, je l'ai secourue. Elle peut l'ignorer. Moi qui fus dans ce siècle son meilleur fils, son soldat plus utile que tant de zouaves et que Lacordaire lui-même, elle n'a pu me récompenser. Je ne serai pas enterré dans le cloître. O mes maîtres, mes amis, êtes-vous donc morts sans recevoir aucune lueur de ma fidélité, sans soupçonner que moi, l'un des vôtres dans le camp ennemi, j'étais le vaincu qui

prend insensiblement la direction de ses
vainqueurs ? N'admettez-vous point que
ceux-là, pêle-mêle, qui tinrent à honneur
de m'offrir ce soir un banquet, rendent
encore hommage à votre idéalisme ?

» Par ce chemin du collège à la maison, que deux fois par jour quand j'étais
petit écolier je parcourais, je suis rentré.
L'excellente femme à qui je loue la maison
de ma mère et qui me loge a voulu me
donner la plus belle chambre. Si je n'avais
craint de la contrarier, et si les infirmités
ne m'avaient fait plus délicat, j'aurais voulu reposer, comme jadis, dans la cuisine,
au coin de la cheminée. Mais pouvait-elle
comprendre que le véritable honneur pour
un vieillard, est de reprendre la place qu'enfant il occupa ? Bien peu en sont dignes. Le
petit Renan était tout ce que je suis main-

tenant. Même j'ai laissé en chemin quelques-unes de ses nobles aspirations.. Dieu
est fort raisonnable de faire des anges avec
ceux qui meurent jeunes ; ils y conviennent
bien mieux que les vieux saints, toujours
un peu chagrins et amers. Je doute parfois très sérieusement de l'esprit humain,
qu'à douze ans je ne songeais même pas à
critiquer. Je possédais alors les dons et
même les rhumatismes qu'on me voit aujour-
d'hui. Je n'ai rien acquis, si ce n'est l'usage
des dictionnaires. Même, ai-je eu l'art de
faire mon chemin? Un siège au Sénat, quelque influence sur les destinées de mon pays,
n'auraient-ils pas flatté ma vieillesse? »

. . . .

M. Renan vit que j'étais frappé de cette
demi-ambition qu'il avouait, et fermant
son manuscrit, il me développa sa pensée :

2.

— Un excellent chroniqueur a reproché
à mon ami Berthelot d'aimer les places.
Je comprends bien qu'il ne s'agissait, pour
M. Scholl, que de placer une plaisanterie
dont il était satisfait. Il a parlé de
M. Berthelot pour laisser souffler M. Sta-
pleaux, sur lequel, me dit-on, il s'exerce
d'habitude. Je crois qu'il m'est arrivé à
moi-même de prêter à saint Paul, lors
de son agonie, des considérations dont
il était positivement incapable. Mais
j'accepte pour moi et pour Berthelot cette
allégation. Soit, nous aimons le succès dûment enregistré et sanctionné. C'est
que nous sommes des savants, l'un et l'autre, et doués du sens historique. J'ai écrit
les Origines du Christianisme ; mon éminent ami étudie les origines de la Chimie :
nous sommes accoutumés à considérer cha-

que forme du génie humain dans son développement, depuis la racine, depuis la ger-
mination sourde, jusqu'à la fleur. J'ai constaté que Jésus n'était fils de Dieu que pour
avoir réussi ; s'il n'eût pas su manier les
hommes, il ne conquérait pas ses apôtres,
il n'émouvait pas le peuple : il demeurait
un rêveur sans histoire. Berthelot m'affirme qu'il y eut parmi les alchimistes des
intelligences de premier ordre, des génies
en puissance, à qui il n'a manqué, pour
être les véritables serviteurs de l'intelligence
humaine, que d'être reconnus par elle, en
un mot, d'avoir le succès. Je tiens pour
vaines subtilités de bibliothécaire les discussions sur le génie de celui-ci ou de celui
là, mort il y a cinq siècles. L'amoureux du
progrès ne peut classer parmi les héros que
ceux qui aidèrent à quelque groupe humain.

Le plan merveilleux qui nous eût assuré
la victoire en 1870 et qui est resté dans le
portefeuille d'un petit lieutenant est une
belle œuvre pour une centaine d'intelligences spéciales ; mais je regretterai toujours
que ce lieutenant n'ait pas fait reconnaître
son génie en temps opportun. En voilà un
qui serait un grand homme ! Chacun a son
heure dans l'humanité, où il peut être utile :
la gloire l'en récompense. Archimède appor-
tant aujourd'hui la quadrature du cercle?
Il fit bien d'avoir son succès au IIe siècle
avant Jésus-Christ.

» Un esprit assez grossier sera réellement un génie s'il en remplit l'office devant
l'humanité. Ainsi de Hugo : j'ai mis quelque temps à comprendre ce grand poète ;
vous savez que je n'entends pas grand'chose
à la littérature ; je ne sais que dire à peu

près, dans l'ordre logique, les petits faits qui peuvent intéresser ; Mérimée et Sainte-Beuve me plaisantaient souvent : « Il faut que chaque âge ait son vice, disait Sainte-Beuve ; n'avons-nous pas été romantiques à vingt ans ? Renan le deviendra sur le tard. » En effet, quand Victor Hugo revint de l'exil, quand je vis la forte conscience de ce vieillard, son culte de soi-même, et l'enthousiasme de trois générations organisé autour de sa personne, je compris que j'avais tort de ne point l'admirer davantage. Celui qui sait éveiller les plus nobles sentiments dans les poitrines, quel qu'il soit d'ailleurs, il est bon que nous l'honorions ; il est le foyer où s'échauffe l'âme de la Patrie. »

Ainsi parlant, l'illustre écrivain se prit à rire doucement. Pour moi, j'admirais la largeur de son génie et le charme de son caractère.

IV

DANS LES COULISSES

Cette après-midi, quand je fus introduit dans le cabinet de M. Renan, l'illustre académicien sommeillait légèrement sur d'antiques grimoires. Avec une parfaite aisance, il se réveilla sans secousses, comme un sage qui est accoutumé de passer du rêve aux affaires. Et déjà il m'approuvait.

— Monsieur, lui dis-je, avez-vous été ému de l'assaut qu'on vous fit, pour votre *Abbesse de Jouarre?*

J'avoue que ma question me paraissait déjà maladroite. Mais cette chaleur, cette digestion du milieu du jour, m'ont toujours diminué.

M. Renan (qui me traite avec faveur, parce que je n'interroge que pour plaire), ayant levé sur moi son regard qui vaut le magistral petit coup d'œil d'un énorme éléphant, me rassura d'un dodelinement ; puis il installa son corps pour parler plus à l'aise :

— Le monde a prétendu que j'étais un écrivain inconvenant. Je croirai difficilement que j'exalte le vin, les femmes et la chanson, et que, devenu grivois sur le tard, je dépasse Béranger, pour lequel jadis j'ai dit ma répugnance jusqu'à inquiéter l'impartialité de Sainte-Beuve, qui n'était pas non plus un esprit en goguette. Pour-

tant, que j'offense le front tendre des mondaines, cela est possible; mais je ne puis
le savoir. Au séminaire, quand on nous
lisait les discussions les plus audacieuses
des casuistes, nous étions tous à genoux
avec nos surplis sur le dos. C'est une
habitude que j'ai conservée. Les propos qui
offensent le plus les âmes du siècle, je puis
les entendre, sans détourner ma pensée ni
mon regard de mon Dieu intérieur. Même
je ne les prononce, comme le prêtre, que
pour dériver les soucis de la chair. Platon
est l'un de mes maîtres. Comme l'a très
bien vu le plus intuitif des historiens, je
veux dire mon ami M. Michelet : le *Banquet*
est austèrement licencieux. Une scène
hasardée faisait courir de main en main ce
petit livre si fécond, qui a plus servi qu'aucun la cause de l'idéal.

3

« Le *Figaro* de son côté m'a reproché
d'avoir trop d'esprit. Est-ce donc en avoir
trop que d'envier ses rédacteurs ? Un journal est la meilleure forme que je sache
pour l'exposition de la vérité. A côté d'un
Premier-Paris, qui est une affirmation de
principes, voilà le portrait d'un homme
politique, un tableau de la situation du
pays; les ruses électorales, mille petits faits
qui corrigent l'absolu des doctrines affichées
en première page ; puis viennent les échos
avec leurs *Five o'clock,* leurs intrépides
vide-bouteilles et autres détails de luxe.
Par ces contrastes, vous indiquez que les
hautes recherches, si belles qu'elles soient,
ne sont pas toute la vie, que les sourires,
les primeurs et la lumière électrique ne
sont pas une quantité négligeable. Ainsi,
les divers articles d'une gazette donnent à

chacun de nous la vision du monde qui
nous convient particulièrement, mais en
même temps un journal, puisqu'il renferme
toutes les visions qu'on peut se faire de la
vie, est bien la forme la plus approchante
que nous ayons de la vérité. Il n'est pas
jusqu'à cette formule : *La suite au prochain
numéro,* qui ne soit excellente, car elle
nous fait souvenir que Dieu, ce merveilleux romancier, n'a jamais dit son dernier
mot.

» Vous êtes un peu journaliste, monsieur, avouez-le, votre art exquis ne peut
être compris dans ses intentions que des
intelligences très avisées. Ce n'est pas
votre affaire de rien expliquer; vous vous
bornez à noter ce que l'on voit quand on
regarde par la fenêtre. Mon métier est plus
triste : je suis un pédagogue. C'est moi qui

commente toutes les jolies choses que les
journalistes à travers les siècles ont vu
passer. (Les journalistes jadis, c'étaient les
prophètes ; ils faisaient des *Premiers-Paris*
très violents sur la place publique : Roche-
fort ou mieux encore Mademoiselle Michel
m'aident souvent à me figurer Ezéchiel).

» Je dois montrer le rapport des divers
idéals de l'humanité et faire luire toutes les
facettes de la vérité : à cet effet je n'ai rien
trouvé de mieux que d'incarner chaque
opinion en une personne et de la faire se
comporter comme un être vivant. J'ai
écrit des dialogues pour nuancer plus vivement les états de ma pensée. Mais vous
pensez bien que je n'ai aucune intention
scénique. Le théâtre vit de la passion qu'y
porte la foule. Les applaudissements popu-
laires nous effrayeraient, nous autres abs-

tracteurs de quintessence. Il ne serait pas
bon que des esprits neufs, ou du moins
mal renseignés, fussent mêlés aux jeux de
la métaphysique. Ils pourraient tirer des
conséquences dangereuses de propositions
que nous aventurons, bien qu'elles ne
soient, après tout, que des vérités incom-
plètes. Car, je vous le dis en confidence,
nous sommes d'étranges amoureux : nous
faisons des monstres à notre maîtresse, qui
est la vérité. Nous avons créé des diables,
des dieux, des loups-garous et des constitu-
tions. Quand ils s'échappaient par le
monde, c'était un grand malheur. Une
sécurité nécessaire au penseur est qu'il se
dise : je fais mes expériences dans un
cabinet bien clos ; si mes calculs sont faux,
si mes cornues éclatent, je ne tuerai guère
que mon préparateur et une paire de dis-

ciples. Bref, nous avons des idées qu'il faut
tenir en cage comme les chiens sur lesquels
travaille M. Pasteur. M. Pasteur tient
ménagerie pour le bien de l'humanité,
mais il peut être un danger pour la rue
d'Ulm. Ne lâchez pas plus en représenta
tions publiques les idées d'un philosophe
que les chiens de M. Pasteur. »

J'objecte alors à M. Renan que le *Dialogue des Morts,* qu'il a consacré à Victor
Hugo, a été représenté par les artistes de
la Comédie-Française. M. Renan me répond
que seule cette grande circonstance a pu le
décider à cette publicité.

Et pourtant, je surprends chez lui une
complaisance à parler des répétitions qu'à
cet effet il suivit au côté de M. Claretie.

— Je craignais M. Coquelin cadet, me
dit-il, parce qu'on m'avait prévenu qu'il

fait sans trêve des calembours. Quoique
j'aie vu Victor Hugo y exceller, je vous
avoue que je ne goûte guère cet exercice.
C'est que j'y suis inférieur. Peut-être,
comme érudit, m'est-il arrivé de jouer sur
les mots ; les évêques me l'ont reproché ;
mais c'était sur des mots syriaques, avec
mes confrères de l'Académie des Inscrip-
tions. Dans notre ère, je ne comprends
plus le calembour. Eh bien ! M. Coquelin
m'a surpris. Le croiriez-vous? Il ne me
parlait que de l'Institut. Il préparait déjà
la candidature de Claretie. Et puis, ne le
répétez pas, il ressemble un peu à ce père
Le Hir qui fut mon professeur à Saint-Sulpice. C'est d'ailleurs un artiste de grand
talent.

» Je finissais même par craindre M. Sarcey, car Mlle Reichemberg me disait tou-

jours : « Qu'est-ce que pense Sarcey ?
» Avez-vous fait parler à Sarcey ? Com-
» ment voulez-vous débuter si vous n'avez
» point Sarcey ? » J'essayais de la rassurer;
mais son amie, Mlle Réjane, a ajouté en
regardant ma redingote, qui est un peu
longue, paraît-il, et a un air de soutane :
« Ah ! vous savez, Sarcey n'aime pas les
« cléricaux ! » Elle est tout à fait char-
mante, cette demoiselle Réjane. »

— Mais, lui dis-je, en poussant avec
plus d'audace mon idée, n'avez-vous pas
souffert, quand M. Sarcey malmenait
l'*Abbesse de Jouarre?*

— Je vais, me dit-il, vous raconter un
mot que je lui fis à ce propos. Comme il
se plaignait sans trêve qu'on lui eût volé sa
montre au théâtre : « Monsieur Sarcey, lui
» dis-je, qu'est-ce que cela vous fait? Vous

» avez toujours regardé l'heure à la montre des
» autres... D'ailleurs, vous avez bien raison :
» il vaut mieux retarder avec tout le monde
» que marquer l'heure juste tout seul. »

Puis, cessant de tourner ses pouces, de
balancer sa tête et de donner à ses phrases
un ton vulgaire, M. Renan me dit en face :

— Vous ne comprenez rien qu'à la littérature. Ne parlons donc que de cela. Eh
bien ! je suis sûr d'avoir fait une bonne
tâche et durable, puisque mon contempo-
rain Sainte-Beuve m'a aimé, et puisque
vous-même, Monsieur, d'une génération
qui, pour moi, est déjà l'avenir, *vous
m'inventeriez plutôt que de vous passer de
me connaître.* Ainsi je fis avec Jésus, avec
saint Paul, avec Marc Aurèle, — et avec
moi-même, je puis bien l'avouer, quand
j'écrivis mes *Souvenirs d'Enfance.*

3.

CONCLUSIONS

Ces huit jours écoulés, tandis que sur
la ligne de Brest à Paris, en compagnie de
mon familier Simon, je m'éloignais de
Perros-Guirec, nous songeâmes tous deux,
pour charmer la lenteur du trajet, à la
mort de M. Renan :

— Le monde en deviendra plus triste et
plus vulgaire, me disait Simon, mais la
légende de Renan, que dès aujourd'hui
nous voyons se faire, s'épanouira large-

ment. Or, rien de plus curieux que la formation d'une légende. Pourquoi ces traits
qui s'effacent et ces autres qui s'accusent?
C'est un type humain qui se crée sous
nos yeux, plus vivant qu'aucun chef-
d'œuvre volontaire, par la collaboration de
tous.

— Je prévois, lui répondis-je, que la
légende de Renan sera poussée à la fadeur.
Son attitude d'écrivain trompe sur le fond
même de sa pensée. Les plus avisés de
ses admirateurs littéraires se plaisent à
oublier qu'il est franchement anticlérical
dans la conversation et que, sur cinq ou
six points les plus importants de la pensée
humaine, il est affirmatif et net autant
qu'aucun esprit réputé vigoureux et brutal.

— Ah! disions-nous l'un et l'autre, que
la mort de M. Renan sera intéressante!

M. RENAN AU PURGATOIRE

(Septembre 1902)

M. RENAN AU PURGATOIRE (1)

J'ai fait un rêve. J'assistais à l'entrée de Chincholle au purgatoire. Il avait cette allure affairée et importante que nous lui avons vue tant de fois en province. On le reconnut, il serra quelques-mains.

— Diable ! disait-il en s'épongeant le front, il fait chaud chez vous, messieurs.

(1) Après dix-huit mois que MM. Chincholle et Quellien nous ont quittés et quand on a cessé de se battre autour de la statue de Tréguier, faut-il déjà un commentaire au commentaire que je fis de ces enterrements et de cette érection ? Je songe à cette clef que M. de Banville,

Soudain il fit le geste de saisir son calepin et se précipita vers un groupe d'âmes ecclésiastiques où il venait d'apercevoir M. Renan :

— Mon cher maître, quelle surprise de vous trouver ici !...

— En effet, dit M. Renan, j'ai frisé l'enfer. Mes vieux maîtres de Saint-Sulpice, qui sont tous au ciel, ont pu m'obtenir les circonstances atténuantes. Ils firent valoir, non sans coquetterie, qu'en me donnant tout mon hébreu ils avaient assumé une part de mes crimes... Par exemple, je suis ici jusqu'à la fermeture.

— Enchanté, répliqua poliment Chin-

---

vieillard, dut joindre à la réimpression de ses jeunes *Odes Funambulesques*. Il sut en profiter pour plaire davantage. Mieux vaut ici que je me fie à trente lecteurs qui voudront bien, peut-être, me lire lentement.

M. B.

cholle. Voulez-vous me permettre une question? Le public serait curieux de savoir... Mais vous ne me reconnaissez pas ?

M. Renan, les mains enlacées sur son ventre et tel que sa mémoire nous réjouit encore, à peine un peu fondu, s'excusa, protesta, s'inclina, puis dit avec onction :

— Vous êtes sans doute, cher monsieur, le démon de la curiosité.

— Je suis Chincholle.

M. Renan exagéra son expression de déférence au point qu'un assistant, un homme simple, un pieux hagiographe crut à une méprise et voulut la dissiper :

— Chincholle par un *ch* auvergnat : un rédacteur bien connu du *Figaro*.

— Très bien, dit M. Renan, très bien ! J'ai beaucoup lu M. Chincholle, et avec une particulière sympathie, car les Auver-

gnats appartiennent à cette race celtique
qui fut ma mère et ma nourrice. En tant
que Celte, vous étiez un imaginatif, monsieur Chincholle, mais notre respectable
hagiographe vient de marquer très justement ce que vous deviez au Plateau Central :
à une facilité incomparable pour inventer
des fables, vous joigniez une prodigieuse
activité physique. Comme tous vos compatriotes, vous excelliez à porter des fardeaux,
mais vous les hissiez en rêvant. Vous avez
monté l'eau chaque matin dans les colonnes
de votre estimable journal ; c'était une eau
enchantée, car à ceux qui buvaient à longs
traits vos articles, l'actualité apparais-
sait toujours plus belle ou plus exécrable,
plus extraordinaire enfin qu'aucun des
faits antérieurs. Vous trouverez ici, monsieur Chincholle, notre activité intellectuelle

bien modeste. C'est que nous vivons sur
des qualités et sur des défauts fixés. Hélas!
l'ère est close pour nous des mérites et des
démérites. Notre rôle se borne à nous
purifier. Comme nous, monsieur Chincholle, vous vous purifierez, mais, j'en suis
sûr, plus rapidement que celui qui se féli-
cite de vous donner la bienvenue.

CHINCHOLLE *(avec émotion)*

Voilà, mon cher maître, un des meilleurs discours de réception que vous ayez
prononcés. Quelle contrariété pour nous
deux que ce soit en dehors de l'Académie
française!... Pour répondre à votre gra-
cieuseté envers la presse, dont me voici
une fois encore le délégué, je vous apporte .
une nouvelle qui faisait, quand j'ai quitté
Paris, le meilleur des sujets d'article. Elle

vous concerne : vous êtes toujours à la
mode. Quelle magnifique occasion d'interview ! Mais devinez de quoi il s'agit ?
c'est de la chose qui vous intéresse le plus
au monde.

M. RENAN

Le monde, monsieur Chincholle ! j'ai
passé soixante ans à le regarder depuis
Sirius ; vous êtes trop Parisien pour
l'ignorer. J'en prenais une vue infiniment
amusante. Mais depuis ici, il m'étonne
encore davantage. L'univers contemplé du
purgatoire, n'est point tel que vous le
connaissez rue Drouot... Ce sont là de
hauts problèmes. Je ne sais si votre infa-
tigable curiosité eut l'occasion de les
aborder. Mais là-dessus vous avez dû
entendre quelques-uns de ces rares esprits

que la politique et les soins du siècle
n'absorbent point, par exemple mes jeunes
amis MM. Anatole France et Jules
Lemaître, ces deux talents fraternels...

Sur ce « fraternel » Chincholle, qui
prenait des notes, eut un mouvement.

— Eh ! quoi ! dit M. Renan, seraient-ils
déjà au paradis ?

Sans cesser d'écrire, Chincholle fit un
geste négatif.

— En enfer, peut-être ?... Non, vous
me dites que la question n'est pas encore
réglée... J'en suis fort aise.

— Mon cher maître, observa Chincholle
avec une douce sévérité, je le vois, j'aurai
beaucoup à faire pour vous remettre dans
le train. Mais revenons à notre interview,
Qu'est-ce qui vous intéresse le plus sur la
terre ?

M. RENAN

Ici, mon cher collègue, pour parler comme les bonnes femmes, il en cuirait de mentir. Aussi je ne biaiserai point. Quand ma pensée remonte là-haut, c'est pour errer dans mon pays d'enfance. L'Océan, les grandes brises du large, l'inaltérable humidité bretonne...

CHINCHOLLE

Vous brûlez !

M. RENAN *(perdu dans son rêve)*

Y a-t-il des Bretons qui pensent à moi ? Me pardonnent-ils mes différences, reconnaissent-ils notre parenté ? La Bretagne m'accueillera-t-elle dans sa tradition éternelle ?

CHINCHOLLE

Sachez donc qu'on vous élève une statue
à Tréguier.

M. RENAN

Quellien, qui vient de nous arriver en
automobile, ne m'a rien dit de cela.

CHINCHOLLE

Il a bien le droit d'être un peu étourdi,
mais je vous garantis ma nouvelle. C'est
du bon Chincholle. L'initiative de votre
glorification a été prise par un amiral et
par M. Dayot. Ils sont soutenus par un
ministère qui veut ennuyer les catholiques
bretons... Ne craignez rien, cher maître,
les anticléricaux tiennent la corde. La
municipalité de Tréguier écartera radi-
calement la protestation de l'archiprêtre
Legoff.

M. RENAN

Dieu m'est témoin de ma profonde contrariété ! Si j'étais en enfer, j'irais tirer Dayot et l'amiral par les pieds ; si j'étais au Ciel, je favoriserais de mon apparition le vénérable archiprêtre. Mais au purgatoire nous sommes totalement démunis de moyens d'action. Monsieur Chincholle, votre « bonne nouvelle » m'annonce la pire des épreuves dont je subis ici le cours. Une statue officielle ! Seigneur, détachez de mon col cette pierre de scandale, qui me coule quand je commençais à flotter ! O mes maladroits amis, vous compromettez mon œuvre ; vous ne voulez pas qu'elle profite de ma disparition ni du temps. Il n'est de perfection qu'épurée de tout ce qui trouble. Laissez donc Renan accomplir une période bienfaisante de purgatoire. Acceptez que par une série d'opérations mystérieuses je vienne lentement prendre ma place dans la conscience de mes compatriotes. Mon rêve est de rentrer dans l'âme de la Bretagne où j'ai puisé le meilleur de moi-même. Pourquoi capter la goutte d'eau encore chargée du limon de l'orage, et qui veut rejoindre sur le ciel natal le nuage dont elle se souvient?

Tandis que cette conversation se poursuivait, les ombres ecclésiastiques, qui d'abord entouraient M. Renan, s'étaient peu à peu dissipées. Une seule maintenant demeurait qui fit deux pas vers le nouveau venu et brusquement l'apostropha :

— Toujours gaffeur, Chincholle !

— Le patron !

M. Magnard, — en effet c'était lui, — est demeuré l'ennemi des effusions. Il dit

4

avec bon sens peu de mots :

— Nous avions ici une petite société
d'âmes lettrées et déliées. Des apostats, des
défroqués, des évêques vendus à Dumay :
le groupe des prêtres avec tache... Vous
faites la grimace ? Si vous croyez que c'est
aisé pour un sceptique de trouver avec qui
causer dans un lieu qui est le rendez-vous
des gens à passions ! Pour Renan et pour
moi, notre groupe tout de même était plus
décent que celui des luxurieux... Eh bien !
pour vos débuts, fallait-il que vous raviviez
des querelles enterrées !

Et montrant de la main M. Renan qui,
devenu une fois encore un objet de scandale, se chauffait tout seul dans un coin,
il épouvanta Chincholle par un de ces mots
qui ne valent que s'ils sont bien mis en place :

— Que le Diable vous emporte !

LE REGARD DE M. RENAN

(D'après M. Charles Laurent)

LE REGARD DE M. RENAN

(d'après M. CHARLES LAURENT) (1).

M. Charles Laurent raconte qu'il a dîné un jour avec M. Renan, rue de la Pérouse, chez M. de Girardin. En face de celui-ci. était assise sa belle-fille, puis Gambetta, un journaliste qu'on ne cite pas et trois jeunes femmes élégantes. Le repas fut court, un peu froid, car Gambetta et Renan s'occupèrent trop exclusivement l'un de

(1) M. Charles Laurent, *Une partie de dominos*, dans le journal *Le Matin*, 13 septembre 1903.

4.

l'autre. Au dessert, Gambetta leva son verre
plein d'un vin de Porto que M. de Ca-
barrus envoyait, chaque année, à Girardin.

— Aux dames et à notre hôte.

— J'accepte ce vin, dit Renan, j'accepte
ce pur rayon de soleil, comme une libation
faite à l'homme par les dieux.

La voisine de l'aimable et prudent
vieillard parut ne plus pouvoir maîtriser
un désir dont frémissaient, depuis une
demi-heure, les deux autres femmes.

— Monsieur, je vous en prie, parlez-
nous de l'amour.

Cette bizarre prière n'étonna pas M. Renan. Les mondaines les plus brillantes,
depuis plusieurs années, lui avaient marqué
son rôle. Elles se souciaient peu de le
suivre dans son domaine philosophique,
elles songeaient encore moins à le mêler à

leurs sentiments positifs, elles attendaient
qu'il leur fît goûter le charme des mots
caressants et chantants. Aux yeux de ces
belles égoïstes, M. Renan était un musi-
cien de génie, habile à faire vibrer toute la
lyre qu'une femme appelle son cœur. Elles
ne pensaient plus qu'il fût l'Antéchrist :
elles le tenaient pour un prêtre, un prêtre
de la beauté. Elles attendaient de lui des
hymnes à la fois ardentes et désintéressées.

M. Renan, sans doute, allait commencer
un de ses doux prêches vaporeux, quand la
voix cassée, l'extraordinaire voix de Girardin s'éleva :

— Tout à l'heure ! tout à l'heure ! Allons
prendre d'abord le café dans la galerie.

On se leva un peu surpris, un peu déçu.

Le café servi, les cigares allumés et les
domestiques disparus, les neuf convives se

trouvèrent réunis à l'extrémité de la longue
bibliothèque où couraient sous de magnifiques tableaux, d'interminables files de
livres. Tout au fond, la grande statue en
marbre de George Sand qu'on voit maintenant au Théâtre Français se dressait
blanche et froide dans la pénombre. Les
trois belles jeunes femmes décolletées entouraient M. Renan, un peu renversé dans
un fauteuil, dont ses cheveux caressaient
le dossier.

Au milieu de ces fleurs parlantes, on
eût dit le grand Docteur Arnaud tel qu'on
le voit dans l'*Eau de Jouvence* quand la
maîtresse du pape et deux jeunes religieuses
l'entourent. Peut-être qu'il pensait : La
philologie est une science austère. Le phi-
lologue et le philosophe ont besoin que leur
gosier brûlant soit de temps à autre rafraîchi

par un sirop exquis. La moquerie de la
femme blesse le cœur de l'homme. Ce
qu'il faut qu'elle nous témoigne c'est la
confiance et l'amour. Nous brûlons notre
sang et notre vie dans d'ardentes subtilités.
Quoi d'étrange si notre imagination veut
une fontaine d'eau fraîche, une coupe de
lait?

Avec la magnifique émotivité des artistes
qui trouvent toujours le moyen d'être
éblouis, ce vieil homme, sans doute, plus
ou moins nettement, se félicitait d'avoir eu
une jeunesse chaste. N'ayant jamais profané
l'amour, pensait-il, je vois l'âge affaiblir
en moi la vie sans que je perde aucune
des sensations délicieuses qui sont d'habitude oblitérées chez le sexagénaire. Peut-
être qu'au contraire M. Renan souffrait
légèrement parce qu'après ses repas, il

s'abandonnait volontiers à la sieste. Quoi
qu'il en soit, ses deux mains sur son ventre
et fort épiscopal, il se taisait en souriant.

— Je vois ce que c'est, dit à mi-voix le
pratique Gambetta : c'est nous qui le
gênons... Girardin, avez-vous des dominos ?

Au bout de peu d'instants, une table
était dressée avec une boîte de dominos
toute neuve et Gambetta, en remuant doucement l'armée d'ivoire, glissait à ses parte-
naires :

— Chut ! ne troublons pas la musique !..

La musique, en effet, avait préludé.
M. Renan venait de trouver son thème.

Partant de quelque fait divers, d'une
lamentable histoire de délaissée, entrevue
dans un journal, il vantait le bonheur qu'il
y a dans la passion. A ces privilégiées de

la vie qui vraisemblablement ne voulaient
connaître de l'amour que l'orgueil de l'ins-
pirer, il vantait la douceur de le ressentir.
A ces belles orgueilleuses, il disait que le
cœur se fond dans la joie d'être tendre et
faible.

— L'amour, disait-il, résume tous les
enchantements de la nature. Aux plus vives
joies, il mêle les plus hautes noblesses, car
c'est lui qui tire l'homme de l'animal et qui
dégage de la bestialité la civilisation. Eh
bien ! quand la nature sacrifie des millions
de créatures à ce qu'elle fait de grand,
comment la femme doublement collabora-
trice de l'acte le plus élevé qui s'accom-
plisse dans l'univers, à la fois déesse et
holocauste dans un sacrifice où l'individu
se prodigue avec une sorte de frénésie,
espèrerait-elle n'être point malheureuse ?

L'amoureuse souffrira, quand même tous
les hasards la favoriseraient, parce que le
jour de son plus éclatant bonheur, comme
chaque jour, aura un soir. Mais qu'elle
se console d'une félicité interrompue, si,
une seule minute, elle a donné et reçu le
plaisir dans toute son intensité. Pourquoi
cette inquiétude, pourquoi ce besoin d'une
volupté qui durerait toujours? La minute
éternelle est celle que nous ressentîmes un
jour avec tout ce qu'elle peut supporter
d'exaspération.

Ainsi parlait M. Renan et je connais une
femme qui, ce soir-là, l'écoutait de toute
son âme. Elle semblait appeler, implorer
les paroles du vieillard, comme si chacune
d'elles fortifiait, dans le secret de sa conscience, les raisons qu'elle s'était déjà don-
nées pour bouleverser sa vie, pour rompre

avec un luxe, en apparence si heureux, et
pour aller chercher ailleurs avec un peu de
joie beaucoup de larmes.

D'ailleurs, pour nous aussi, c'était un
ravissement que ces couplets de Renan.
Hélas ! il manque à mon récit ses paroles
exactes, sa voix, sa lèvre, sa grosse et belle
face, sa main surtout qui, sur chaque fin
de phrase, donnait la bénédiction.

Nous tâchions de paraître accaparés par
nos dominos. Mais les fautes succédaient
aux fautes, et vraiment les pauses, de plus
en plus longues, où nous semblions méditer, ne relevaient guère la partie.

M. Renan continuait :

— Plus la femme sera exquise et plus
elle souffrira dans l'amour. Mais où sa
délicatesse supportera la pire épreuve, c'est
si elle trouve dans son chemin le véritable

5

héros ! Ces missionnaires divins, ceux qui
ont pour mission de sauver ou d'embraser
l'humanité seront toujours aimés beaucoup
plus qu'ils n'aimeront. De tels hommes,
trop vite on l'apprend, on ne les a jamais
tout entiers. De froides abstractions les
réclament. Titania, peut-être, fut sage de
mettre sur ses genoux la belle tête d'un
âne. La femme, en effet, ne s'accommode
point d'entités. Elle a besoin d'un conso-
lateur vivant. Elle veut quelqu'un qui l'accueille dans ses bras. Pourtant, la vraie
femme laissera-t-elle dans une froide solitude l'homme de premier ordre ? Elle aurait
peut-être tort de le repousser. Bien souvent
j'ai songé à poursuivre dans quelque petit
roman la solution de ce problème. Hélas !
avant de mourir je dois encore écrire un
grand ouvrage d'histoire religieuse. En

dépit de mon arthritisme j'entrevois la pos-
sibilité de le terminer. Je ne me permettrai
plus désormais de divertissement. Mais je
puis en quelques mots vous indiquer de
quelle manière je concevrais cette sorte de
fable morale...

A ce moment, — je n'oublierai jamais
ce tableau, — nous étions tous en suspens,
et Gambetta, tenant en travers de sa grande
main les quatre dés qui lui restaient, tour-
nait sa tête formidable du côté de ce prodigieux Renan.

Celui-ci disait :

— Un jeune homme, un jeune héros
possède l'entière tendresse d'une jeune
femme. C'est pour elle une soif, un besoin
de toutes les heures, une obsession de
revoir celui avec qui, un jour, elle a causé.
De son côté, il a pour elle une affection

sincère et souriante, car cela est doux d'être
le dieu d'une âme. Mais précisément qu'est-
ce qu'une âme quand on voudrait occuper
l'univers, toutes les âmes qui vivent
et celles qui viendront? Ce jeune héros
clairvoyant est bien obligé de reconnaître
qu'il n'est pas adapté de tous points à
l'amour de cette sublime égoïste à deux.
Alors que doit-il faire? Sera-t-il honnête
s'il accepte une communion où il apporte
moins que son amie? Peut-être faut-il qu'il
s'abstienne. Peut-être doit-il priver l'avenir
de l'épargne qui s'est amassée dans son
être. Qu'il prenne un sentiment profond
du phénomène capital de l'univers, à savoir
la reproduction de l'espèce! Je n'autorise
pas ce jeune homme à chercher les étour-
dissements de la volupté frivole. Quoi!
prêter un frisson de bonheur fugitif à qui

lui offre une éternité de dévouement posi-
tif! Accepter un diamant et le payer d'un
gros sou mal doré?... Mesdames, on le
supplie. Comment puis-je l'empêcher?

Renan s'était arrêté une seconde. Gambetta lui dit, tenant toujours ses dominos :

— Eh bien! vous, Renan, que feriez-
vous en pareil cas?

Renan jeta un coup d'œil sur la main
ouverte de l'orateur et répondit, en le
regardant bien dans les yeux :

— « Moi...? Je poserais le double
blanc!... »

Ah! ce regard de M. Renan!

NOTE

SUR LE REGARD DE VOLTAIRE

A PROPOS

DU REGARD DE M. RENAN

J'ai sous la main, dans la minute où je corrige les épreuves de cette nouvelle édition (1904), un petit volume: *Voltaire en Alsace*, par M. Heid, où je trouve un trait que je souligne. Voltaire, Renan ! Quelles griffes ces deux animaux de la forte espèce ont sous leurs pattes caressantes !

En 1754 Voltaire était à Colmar. Les jésuites y avaient une maison importante. Le frère de leur recteur était confesseur de la dauphine et par là avait de l'action sur Louis XV qui n'aimait pàs Voltaire. Le philosophe sentait autour de lui une surveillance qui l'effrayait. Il se décida à une

démarche que son secrétaire Collini raconte excel-
lement. « C'était au mois d'avril. Pâques appro-
chait... Voltaire me demanda un jour si je ferais
mes pâques. Je lui répondis que c'était mon intention. — Eh bien ! me dit-il nous les ferons ensemble. On prépara tout pour la cérémonie. Un
capucin vint le visiter. J'étais dans sa chambre
lorsque ce religieux arriva. Après les premiers
propos je m'éclipsai et ne revins qu'après avoir
appris que le capucin était parti. Le lendemain
nous allâmes ensemble à l'église et nous commu-
niâmes l'un à côté de l'autre. J'avoue que je pro-
fitai d'une occasion aussi rare pour examiner la
contenance de Voltaire pendant un acte aussi im-
portant. Dieu me pardonnera cette curiosité et ma
distraction. Au moment où il allait être communié,
je levai les yeux au ciel comme pour l'implorer, et
je jetai un coup d'œil subit sur le maintien de Voltaire ; il présentait sa langue et fixait les yeux bien
ouverts sur la physionomie du prêtre. *Je connaissais
ces regards-là.* En rentrant, il envoya aux capucins
douze bouteilles de bon vin et une longe de veau ».

TROIS STATIONS

DE PSYCHOTHÉRAPIE

TRAITEMENT DE L'AME

Ces trois essais sortent des dossiers où j'ai liassé les notes qui me servirent pour ces Traités de la Culture du Moi *auxquels certains esprits ont donné leur sympathie. Voici des* marginalia *de* Bérénice, *de l'*Homme libre *et des* Barbares.

Cette Visite à Léonard de Vinci *pourra contenter ceux qui goûtent tel chapitre de l'*Homme libre *sur une journée que je passai à Milan. Dans la* Visite au pastelliste

Quentin La Tour, *je mets en relief l'inca-*
pacité de cet observateur à se composer une
vue générale de l'humanité, dont il por-
traictura tant de fragments; et quelques
lecteurs penseront peut-être à Charles Mar-
tin du Jardin de Bérénice. Chère et tendre
Bérénice ! Quand je l'aimais, n'ai-je pas
vécu en plus étroite harmonie avec l'âme du
monde qu'aucun de ces curieux insatiables
qui mènent leur minutieuse enquête à travers
les temps et les pays ?... Dans le troisième
essai enfin, dans ces considérations sur le
cosmopolitisme, où l'on me saura gré, je crois,
d'avoir utilisé l'incomparable mémoire de
Mlle *Bashkirtseff, on trouvera quelque lumière*
sur une confusion, fort à la mode aujour-
d'hui, entre la sensibilité de nos délicats et le
sentiment religieux. D'ailleurs, nos néo-catho-
liques ne sont que des esprits vagues auxquels

il ne convient pas de prêter plus d'impor-
tance qu'à la tasse de thé où ils se noieront.

Je donne ces essais pour des compléments
de notre pensée ; non pour des redites toute-
fois. Ils ne font point double emploi avec les
ouvrages que je rappelle : ils en soulignent
la méthode.

Psychologie, scepticisme, dira-t-on. En
vérité, je n'ai pas plus le droit au titre de
psychologue, qui supposerait la curiosité et
la science de l'âme humaine tout entière,
qu'à l'appellation de sceptique, qui implique
le refus de toute affirmation. Si des personnes
raisonnables me suivent dans les trois pèleri-
nages où cet opuscule les convie, elles recon-
naîtront que je n'étudie que certains états
d'âme, assez particuliers, mais où je suis
compétent, et elles ajouteront que je ne me
contente pas de décrire des stations, mais en-

core que j'y théorise. Je réglemente les inté-
ressés après avoir éclairé les curieux.

Ainsi se justifient ces Essais de Psychothérapie. On trouvera ici l'indication du traitement le plus convenable, selon notre méthode, — qui est l'exaltation du Moi, — à
certaines particularités de l'âme moderne.

Vous traitez l'âme, disent les lecteurs
(ceux-ci fort égayés, ceux-là craignant qu'on
ne les amuse guère), mais quelle est votre
thérapeutique ?

Je me suis surpris à en invoquer le bénéfice dans une page de Sous l'OEil des Barbares. C'était une prière ardente, une des
plus sincères, je l'affirme, qui soient sorties
de l'angoisse familière à tant de jeunes gens
de notre époque. «... Le vœu, disais-je, que
je découvre en moi est d'un ami, avec qui

m'isoler et me plaindre, et tel que je ne le prendrais pas en grippe. J'aurais passé ma journée tant bien que mal sur les besognes. Le soir, tous soirs, sans appareil, j'irais à lui. Dans la cellule de notre amitié fermée au monde, il me devinerait ; et jamais sa curiosité ou son indifférence ne me feraient tressaillir. Je serais sincère ; lui, affectueux et grave. Il serait plus qu'un confident, un confesseur. Je lui trouverais de l'autorité, ce serait mon ami, et, pour tout dire, il serait à mes côtés moi-même plus vieux...»

Mais voici l'essentiel où je vise dans ces consultations :

«... Si mon cerveau trop sillonné par le mal se refusait à comprendre, et, cette supposition est plus triste encore, si je méprisais la vérité par orgueil de malade, lui, sans méchante parole, modifierait son traitement.

Car il serait moins un moraliste qu'un complice clairvoyant de mon âcreté. Il m'admirerait pour des raisons qu'il saurait me faire partager ; c'est quand la fierté me manque qu'il faut violemment me secourir et me mettre un Dieu dans les bras, pour que du moins le prétexte de ma lassitude soit noble. »

Le voilà dans cette dernière ligne, le véritable traitement qui convient à nos jeunes contemporains, caractérisés par l'énergie de leurs dédains et par leur impuissance à agir. Eh ! certes, je le sais bien que, sous couleur d'être analystes, nous ne sommes que des nihilistes, des âmes sèches, des cerveaux incapables de sentir efficacement et avec suite, organisés uniquement pour la négation. Mais que sert-il qu'on nous répète : « Ne soyez pas tels que vous êtes, n'usez pas de l'âme

que vos pères vous firent ! » C'est encore en
donnant leur rythme naturel et, sans provo-
cation, une allure toujours fière à nos sentiments que nous en tirerons agrément et
honneur.

J'ai donc poussé à leur pleine intensité les
images où se reconnaîtront la plupart des
jeunes gens modernes, analystes qui s'épient
eux-mêmes, curieux qui se passionnent pour
trouver les mobiles de tous actes, cosmopolites
errant à travers la culture humaine. Comme
je l'avoue dans le dernier essai, m'étant pro-
posé de leur donner du ton, je leur présente
non leur histoire, mais leur légende comprise
de telle sorte qu'elle les ennoblisse à leurs
propres yeux. En vérité, petits lycéens, étudiants, jeunes garçons isolés en province, et
vous aussi, filles de vingt ans, qui n'avez les
uns et les autres que du dégoût pour l'ordi-

naire d'une vie que vous semblez d'ailleurs impuissants à modifier, quand je vous prête l'âme du Vinci, de nos grands analystes modernes et de la délicieuse Marie Bashkirtseff, n'est-ce pas un Dieu que je vous mets sur les bras, « pour que du moins le prétexte de votre lassitude soit noble » ?

Ces petits essais, dans mon esprit, ce sont pour des modernes, des consolations à la manière de celles que le plus précieux de nos maîtres, Sénèque, adressait, avec une extrême élégance, aux raffinés si las de son époque. Et pour m'en tenir au mémoire qui clôt ce livret, n'aurai-je pas concouru utilement à la direction spirituelle des temps qui sont proches, si je persuade tant de jeunes femmes désœuvrées, voyageuses et déracinées de tout devoir, que la Légende d'une Cosmopolite les dépeint ? Aucune morale ne leur rendrait *les vertus surannées de la reine Berthe qui filait son lin, mais peut-être, à nous faire leur complice, saurons-nous les convaincre de jouir sans hypocrisie des conditions nouvelles de la vie moderne. Chère vie moderne, si mal à l'aise dans les formules et les préjugés héréditaires, vivons-la avec ardeur, avec clair-voyance aussi, avouons-en toutes les nuances et, que diable! elle finira bien par dégager d'elle-même une morale et des devoirs nouveaux.*

UNE VISITE A LÉONARD DE VINCI

Aux analystes du Moi.

Milan nous touche entre toutes les villes,
parce qu'elle fut le lieu d'élection de
Léonard de Vinci, et que Stendhal l'adora
jusqu'à vouloir pour toute épitaphe :
« Citoyen milanais. » Mais de Stendhal,
il faudrait parler depuis ce triste port de
Civita Vecchia, où pendant trente années
il s'ennuya, vieux beau apoplectique qui
n'avait d'autre distraction qu'une causerie,
le soir, entre huit et neuf, dans la boutique

de l'unique libraire. Je veux rapporter une visite que je viens de faire à Léonard de Vinci.

Non pas que l'œuvre de Léonard, qui ne fut jamais considérable, soit à Milan abondante. Des manuscrits, des esquisses, cette admirable fresque de la *Cène* — dont la beauté semble plaire à Dieu même, puisqu'elle n'est pas abolie en dépit des militaires qui l'écaillèrent et des peintres qui la retouchèrent, — la plupart des œuvres exécutées sous son influence par ses élèves : voilà tout ce que l'on peut étudier de ce grand artiste à Milan. Mais sa gloire, qui nous offre un des plus troublants sujets sur quoi puissent rêver les ambitieux et les esthéticiens, quelques traits de crayon suffisent au Vinci pour l'affirmer.

Nous entrevoyons à peine ce qu'il fit et

ce qu'il voulut ; il faut pourtant le saluer comme un des princes de l'art. Ce peintre exceptionnel est compris par la pensée mieux encore que par les yeux. Et c'est à Milan, où il a tant médité, qu'on trouve le meilleur point pour le méditer.

Dans les indications de ses *Livres de dessins* et sous les repeints de la *Cène*, nous devinons la beauté qu'il cherchait, aujourd'hui envahie d'ombre, comme sous le génie inférieur de ses disciples nous retrouvons la direction d'art qu'il enseigna.

Intelligence unique par sa pointe et par son étendue, Vinci apparaît à la fois un grand méditatif et un grand séducteur. Ses études universelles et profondes ne l'accaparaient pas ; il fut encore un magnifique cavalier ; d'une psychologie désabusée et fine, il évoluait avec aisance dans la vie décorative de son siècle pittoresque. Que des dons aussi opposés se soient trouvés dans un même homme, et poussés à une telle perfection, voilà qui déconcerte les catégories où nous sommes habitués à ranger les tempéraments! Et cette dualité éclaire le sourire de toutes les figures qu'il a laissées, ce sourire que le temps emplit chaque jour d'une nuit plus profonde, mais qui parut, dès son éclosion, inexplicable! Il y peignait sa propre complexité, son âme habile tout à la fois à la science et à la séduction.

Je ne saurais trouver d'épithètes pour vous exprimer ce conflit qui fait le génie mystérieux du Vinci, et que tant d'artistes, de penseurs et d'amants ont interrogé à l'*Ambrosienne* et au *Brera*, sur les petites lignes du visage de ses femmes. J'aime mieux transcrire ce que me disait, avec une intensité incroyable, une de ces âmes (jeune fille, jeune homme?) aux cheveux déroulés, âme sensuelle pourtant, avec des lèvres, de grands yeux et toute une joie divine qui montait de son visage, — ce que me répétait une autre esquisse, femme adorable, baissant les paupières avec une gravité presque ironique — ce que toutes me firent entendre :

Parce que nous connaissons les lois de la vie et la marche des passions, aucune de vos agitations ne nous étonne, rien de vos insultes ne nous blesse, rien de vos serments d'éternité ne nous trouble... Et cette clairvoyance ne nous apporte aucune tristesse, car c'est un plaisir parfait que d'être perpétuellement curieux avec méthode... Mais nous sourions

6

*de voir la peine que tu prends pour deviner
ce qui m'intéresse.*

Voilà ce que dit, je l'ai bien entendu, le
sourire de Léonard. Gœthe le répétera plus
tard. C'est, avec des différences sans
nombre de siècle et de race, une des
impressions que nous laissent les deux
Faust.

Rien qui appartienne plus purement au
domaine de l'intelligence. Comment Taine
peut-il parler de pensées *épicuriennes,
licencieuses?* « Quelquefois, dit-il, chez le
Vinci, on trouve un bel adolescent ambigu,
au corps de femme, svelte et tordu avec
une coquetterie voluptueuse, pareil aux
androgynes de l'époque impériale... Con-
fondant et multipliant, par un singulier
mélange, la beauté des deux sexes, il se
perd dans les rêveries et dans les recher-

ches des âges de décadence et d'immo-
ralité... » Ici Taine, assurément, a détourné
ses yeux de l'œuvre de Léonard pour suivre
le développement de sa propre pensée.
Emporté par cette imagination philosophique et par cette logique qui font sa
puissance, ce grand historien des passions
intellectuelles a poussé jusqu'aux dernières
conséquences possibles la curiosité de Léonard. Il a jugé la méthode, non l'œuvre.
Oui, « cette recherche des sensations
exquises et profondes », qu'enseigne le
Vinci, mènera la plupart des hommes à
des rêveries ambiguës. Voyez, dans les
musées de Milan, ces figures de Marco
d'Oggione, de Cesare da Sesto ; elles main-
tiennent avec peine leur sourire ; je sens
une polissonnerie à fleur des lèvres, sous
ces jolis visages. Et ce portrait de jeune

fille, de petite fille (par un élève de Vinci)!
Cette enfant est trop fine, trop pure; elle
en devient irritante! Mais c'est qu'elle n'est
pas de la grande race des femmes du Maître;
sous son front étroit, délicieusement éclairé
de perles, elle n'a que des pensées médiocres. Mal défendue par son faible cerveau
contre les exigences du désir, elle dut
connaître d'étranges troubles quand Léonard lui enseignait avec tant d'élégance la
curiosité du nouveau et le dédain de la vie
commune. Le pur Luini lui-même, dans
le vestibule du *Brera,* nous montre une
jeune fille aux paupières rougies, d'une
lassitude et d'une ardeur où la femme nous
effraye. Mais, M. Taine ne le voit-il pas?
chez Léonard comme chez Gœthe, ces dangereuses aspirations demeurent intellectuelles.

Les exigences d'un Léonard de Vinci se
satisfont dans le domaine de la pensée,
sans se tourner vers des réalisations voluptueuses. Son intelligence aurait pu se
révolter ; jamais ses nerfs. Les contemporains de ce profond penseur le comprirent.
Lomazzo l'appelle un Hermès, un Promé-
thée : il leur apparaît l'homme qui sait le
secret des choses. Il savait les lois de la
vie.

Cela éclate dans son chef-d'œuvre.
Comme elle aura été étudiée, cette figure
de Jésus qui est le centre de la *Cène !*
C'est qu'elle est aussi, pour quelques-uns,
le centre de la conscience humaine. Je
veux dire que cette figure que nous voyons
là toute tournée sur soi-même, toute pré-
occupée de la vie intérieure, est le type

6,

parfait de l'analyste du Moi : c'est l'esprit vivant uniquement dans son monde intérieur, indifférent à la vie qui s'agite autour de lui.

Qu'un homme du xve siècle, dans une de ces cours sensuelles et débordantes d'Italie, ait pu créer une telle beauté psychique, voilà qui est prodigieux ! Il n'y arriva pas du premier trait.

Il faut voir au *Brera* l'étude au crayon rouge qu'il fit pour cette tête de Jésus. Là, pas de dédoublement de la personnalité. Bonté triste, pardon, soumission, résignation, sans fierté intérieure ce me semble. Ce Jésus de l'esquisse est presque un frère de l'apôtre Jean qu'on voit dans la *Cène*, et qui n'est, lui, qu'une vierge, rien qu'un simple. Mais dans la fresque définitive, Jésus est fortifié : ce haut intellectuel est

entouré de sots, de braves gens et de
canailles, dont les attitudes violentes syn-
thétisent admirablement les sentiments du
commun des hommes, et il leur dit :

« *La trahison me viendra de vous, de
vous, ô mes amis ! Mais cela ne m'offre
rien d'étonnant, car je comprends les tenta-
tions auxquelles succombera le coupable, et
par là même je l'excuse. D'ailleurs, pour
que j'aie l'occasion d'être héroïque, ceci
était nécessaire, la grandeur morale étant
faite des bas traitements qu'elle surmonte.* »

Cependant les mains du héros semblent
avouer une certaine lassitude. Un étroit
paysage bleuâtre et voluptueux, entrevu
dans une fenêtre, derrière la tête de cette
haute victime (victime de soi-même, mar-
tyr par sa propre volonté), vient nous rap-
peler que la vie pourtant peut être libre,

sensuelle et facile. Ces hommes avec leur passion, ce sage avec sa grandeur surhumaine et dont l'équilibre inquiète, nous attristent également. Qui donc saura nous faire connaître l'existence comme un rêve léger !

C'est un coloriste lumineux que Léonard, et les créatures qu'il peint sont les plus ravissantes qu'on puisse imaginer. Pourquoi donc, le quittant, suis-je saisi de tristesse ? Rien ne nous comprime plus que de suivre le travail secret d'un analyste ; on voit que sa vie est un malaise, un frémissement perpétuel. Les grands peintres de Venise furent heureux, qui peignaient d'abondance, sans disputer avec eux-mêmes. Mais quelle angoisse, celle de de l'artiste divisé en deux hommes, dont l'un crée, tandis que l'autre, pour la juger, se penche sur l'œuvre en train de naître !

J'ai souvent pensé à l'émotion dont pal-
pitait Béatrice quand, au Purgatoire, elle
apparut à Dante. On sait si cet illustre
poète avait cherché sa maîtresse ! Enfin, il
la retrouvait ; il était éperdu de respect, de
crainte aussi, car de faible femme n'était-
elle pas devenue une bienheureuse et la
compagne des personnes divines ! Elle,
cependant, dans la gloire qui l'envelop-
pait, avait, je le jure, sa fraîche poitrine
gonflée d'une angoisse plus insupportable
encore, car elle pensait : « S'il allait me
trouver moins belle ! »

Cette imagination m'aide assez à comprendre la vie ardente d'un de ces analystes
chez qui l'âme, comme nous avons dit, est
double. C'est perpétuellement en eux le
drame de Dante rencontrant Béatrice. Leur

sourire est lassé et un peu dédaigneux, comme le sourire du Vinci : lassé par ces violentes émotions intérieures; dédaigneux avec indulgence, parce que la vie extérieure leur paraît une petite chose auprès des profondeurs de leur être que sans trêve ils considèrent.

Mai 1888.

UNE JOURNÉE A SAINT-QUENTIN

CHEZ

MAURICE-QUENTIN DE LA TOUR

Aux psychologues à systèmes.

J'ai passé la journée dans ces trois petites
salles, solitaires et froides, du musée de
Saint-Quentin, où sont réunis la plupart
des pastels de Maurice-Quentin de La Tour.
Nul endroit où nous puissions serrer de
plus près ce que furent, en réalité, ces
filles de l'Opéra, ces publicistes, ces femmes
si tendres, tous ces causeurs originaux de
qui la légende nous laisse près du cœur des
images délicieuses, mais trop vagues. La

Tour eut la passion de rendre la nature, sans l'embellir ni l'exagérer, et l'occasion de portraicturer beaucoup des figures fameuses du xviiie siècle.

Ses crayons fixaient non seulement les contours, les traits de naissance, mais la physionomie, cette poussière des chagrins et des félicités qui reste aux plis d'un visage froissé par la vie. Voici l'une des chapelles où peuvent méditer le plus abondamment les amateurs d'âmes. Ils n'y trouveront pas seulement des images illustres ou saisissantes : ce musée vaut surtout comme l'expression la plus complète de cette passion vive dont sont possédés quelques esprits pour écouter, regarder et comprendre les autres hommes. Je tiens l'œuvre de La Tour pour le témoignage le plus parfait que nous possédions de la curiosité psychologique.

La Tour eut, à un degré incroyable, le goût de deviner et d'exprimer la façon particulière qu'a chaque homme de chercher le bonheur. Un Vinci, de sa *Joconde* à son *Saint-Jean*, nous indique son rêve irréalisable. La Tour, dans les quatre-vingt-sept pastels que j'examine, se propose uniquement de nous faire voir les âmes les plus intéressantes qu'il a rencontrées et d'y porter la lumière.

Au musée de Saint-Quentin, on m'entend, ce n'est pas le métier du grand artiste qui m'arrête, mais j'admire qu'un homme ait enfermé sa vie dans la seule curiosité de comprendre quelques variétés de l'âme humaine.

Les crayons d'un Sainte-Beuve vont moins loin dans l'analyse. Embarrassés d'anecdotes, compliqués des goûts de l'au-

7

teur lui-même, les portraits des *Lundis* ne valent pas, comme témoignages sur l'humanité morte, ces pastels de La Tour, où rien n'existe qui ne soit significatif.

Ces quatre-vingt-sept visages qui, de tous ces murs, me regardent, il leur a tiré leurs secrets à fleur de peau. Le pli de leurs lèvres, le poids de leurs paupières, toute cette atmosphère du visage que notre instinct saisit pour aimer ou haïr un homme, mais qui n'a pas de nom, m'apparaissent, mis en valeur dans ses pastels avec une prodigieuse sûreté de psychologue. Ces morts, embrumés aujourd'hui par tant de querelles, La Tour me les montre sans voiles, prisonniers pour jamais sous ces glaces. Il me les explique. Machinalement, aux marges du catalogue, j'ai pris quelques notes qu'il me dictait...

Voilà Rousseau, et j'ai écrit : « Tracas-
sier, craintif, mélange de jalousie et de
dédain, mais dédain très particulier, dédain
qui blâme et salit tout. Et pourtant, qui
ne l'aimerait, ce Jean-Jacques, avec sa
jeune figure de laquais dévoré de sensua-
lité et de chagrin ! »

Voici d'Alembert : « Assez en bois... Je
m'explique qu'il ait supporté si courageu-
sement les traits, même posthumes, de
Mlle de Lespinasse, et je comprends aussi
qu'elle, si tendre, ait osé le ménager si
peu : par tempérament, il devait souffrir moins qu'aucun autre, car il avait
des dispositions naturelles au dévouement. »

Et madame Favart : « C'est la sottise de
la spécialisation : sotte, irrémédiablement
sotte, ne pouvant exprimer qu'un person-

nage étroit, qu'elle porte d'ailleurs à son intensité. »

Et Louis XV : « Un homme de ce temps déjà, comme nous en voyons au cercle, dans le monde... Quel abîme entre ce galant homme, d'élégance si fine, et ses prédécesseurs, que notre imagination ne peut pas se représenter ! »

Et la Camargo : « Mademoiselle Camargo ! la plus jolie figure, assurément, de toute cette galerie ; elle fut jeune et vigoureuse ; elle faisait voir de la finesse sur un fond de gravité voluptueuse... La jolie fille, telle que je l'imagine à dix-sept ans, quand le comte de Clermont-Tonnerre l'enleva, la paya et en fit sa maîtresse ! »

Ainsi je parcourais ces salles où La Tour a sauvé du tombeau vingt figures intéres-santes. Et peu à peu, de tous ces étrangers une tristesse tomba sur moi, si pénétrante bientôt qu'elle m'incommoda. Je ne voulus pas en voir davantage.

Était-ce quelque regret de toutes ces beautés qui, pour jouir d'elles, ne nous laissent que la poussière d'un pastel? Ou encore, le mélancolique contraste de ces dépouilles de boudoirs classées aujourd'hui administrativement?

Non, ce qui m'attristait, c'était la philosophie même de La Tour, cette façon d'entendre la vie à laquelle son génie me faisait participer.

Je le sentis bien au musée de Saint-Quentin : perpétuelle curiosité, c'est mort sans cesse renouvelée dans l'esprit. L'émotion que me donnait telle âme mise sous verre par La Tour était balayée au cadre suivant; c'était mort et naissance en moi à chaque pas.

Il en va ainsi de tous ceux qui traversent la vie en purs analystes. Devant leur sympathie, que rien ne fixe, toutes les âmes s'élèvent pour tomber aussitôt, triomphatrices d'un jour. Ils accueillent tout et n'adoptent rien ; ils ne lient que des amitiés d'un soir ; ils ressentent, à chaque tournant de leur curiosité, la tristesse confuse du voyageur quittant un beau pays. C'est la mort de nos amours qui déblaie notre âme pour de nouvelles amours.

On rapporte du premier des analystes de ce temps, de M. Taine, un mot hautain dont la candeur éclaire nettement ce véritable carnage qu'est, dans l'ordre intellectuel, la vie de ces infatigables conquérants d'âmes. Ce maître rencontre-t-il un homme intéressant par sa force naturelle, par l'expérience acquise ou par ses singularités, il l'entraîne à l'écart, le presse de questions, le sollicite de toutes parts jusqu'à ce qu'il en ait vérifié les limites puis s'écartant : « Je l'ai épuisé ! » pense-t-il.

Il a connu, lui aussi, cette desséchante ardeur psychologique, le vieillard Siméon, de qui parlent les Évangiles, celui qui, étant entré en relations avec l'Enfant Jésus et l'ayant attentivement observé, s'écria du même ton que Taine : « Maintenant que je vous ai vu, Seigneur, vous pouvez mourir ! » Ce Siméon, avec un grand sens des nécessités de son époque, prévoyait le drame du Calvaire et, très renseigné sur les personnalités de la Judée, il désirait connaître les prétendants possibles à ce grand rôle.

Les rédacteurs des Évangiles, dans un

but facile à comprendre, dénaturèrent légèrement ses paroles; de ce curieux, ils
firent un adorateur du Christ. En cela, du
reste, ils commirent plutôt une erreur
qu'une habileté; l'illusion dans laquelle ils
donnèrent est commune à tous les hommes
de parti que nous approchons pour mieux
les étudier; nous nous prêtions, ils crurent
que nous nous donnions. Mais où voit-on
que Siméon ait embrassé les nouvelles doctrines? Il fit causer l'illustre initiateur, et
l'ayant compris : « Maintenant que je vous
ai vu, conclut-il, vous pouvez mourir,
Seigneur. » C'est-à-dire qu'il engageait
Jésus à suivre sa Passion, mais se récusait
d'y participer.

Aucune passion, mais les comprendre
toutes! c'est la formule des analystes.

Esprits vastes et mornes, ils évoquent à l'imagination ces plaines d'eaux où se reflétaient en fuyant les voluptueuses galères de Cléopâtre. Mais posséder les furtives images de toutes les souffrances et de tous les bonheurs, cela valut-il jamais pour remplir nos jours une seule fièvre émouvante?

Certes, avec quelque habitude des gestes et des formules convenues, vous découvrirez une forte variété de caractères qui pourront vous distraire. Le monde des arts et les couloirs de la politique, les salons et la rue, la Bourse et le Palais, autant de théâtres où, sans grand effort, se trouvera au bon fauteuil d'orchestre celui qui sait utiliser les libertés de 1789. Mais si des poètes naïfs, des heureux, des habiles sans générosité, et des sots prétentieux défilent

7

au bout de ma lorgnette amusée, bientôt
mon cœur dispersé s'attriste à ce pano-
rama, comme il fit dans les salons de La
Tour. Des figures ! Des figures ! Ah ! qui
me délivrera de tant de figures ?...

Ici l'analyste méprise un peu ma rapide
satiété et me raille :

— Si tant de visages marqués par la vie
ne vous suffisent pas, dit-il, joignez-y le
petit Bara qui fut historique en montrant
son derrière.

— Ah ! le derrière du petit Bara ! J'en
ferais grand cas, si je pouvais participer à
l'héroïsme dont il est le geste !

Se passionner autant que n'importe quel
passionné, tel serait le bonheur profond.

En vain voudrions-nous borner notre
jeune instinct au rôle d'observateur ! Amu-
sement d'épiderme ! Sous ce masque de

curiosité distraite, je vois l'analyste qui
bâille. « Puissances invincibles du désir et
du rêve! s'écrie Taine, on a beau les re-
fouler, elles ne tarissent pas. » La vie n'est
qu'un spectacle, disait l'analyste, et il la
regardait passer des hautes fenêtres de sa
tour, mais chaque belle fièvre, en s'éloi-
gnant, lui laissait un de ces regrets qui,
accumulés, rompront la digue : l'analyste
un jour se laisse envahir par son rêve. Pas
plus que Taine et les autres, La Tour n'y
a échappé : cet observateur minutieux se
préoccupa de systématiser le monde.

La Tour philosopha sur son art d'abord,
puis sur l'organisation des sociétés et, dans
son désir d'embrasser l'univers, il en vint
à régler le cours des astres. Sa manie était
de dégager l'harmonie qui gouverne les
choses. C'est le dernier mot des observa-

teurs; ils veulent ordonner cette masse d'objets particuliers dont ils se sont fait des images précises. De telles passions, débridées dans des âmes qui longtemps se raidirent, poussent souvent jusqu'à la folie. Le panthéisme de La Tour offre au moins des bizarreries. On nous montre cet observateur minutieux qui dans ses promenades s'adresse aux arbres et, les serrant dans ses bras, leur dit : « Bientôt, mon cher ami, tu seras bon à chauffer les pauvres. » Dans son rêve métaphysique, pour aider à l'incessante transformation de la matière et parce qu'il était convaincu de l'unité de la substance, il dévora parfois ses excréments.

Voilà de fâcheuses méthodes. La Tour n'était pas doué pour saisir cette âme du monde qu'il entrevoyait. Ce merveilleux physionomiste prêtait à l'univers une figure insuffisante. Je ne m'en étonne pas, ayant vu à ce musée de Saint-Quentin son portrait peint par Perroneau. « La Tour, écrivais-je aux marges du catalogue, fait l'insolent, mais ne domine pas; c'est un valet qui observe les invités, ce n'est pas Saint-Simon. » Pensée exprimée trop durement! Mais on entendra qu'il ne s'agit ici que de hiérarchie intellectuelle. Je veux dire que La Tour n'était pas de force à maîtriser les objets qu'il avait la passion d'observer.

A Saint-Quentin toujours, on le voit peint par lui-même et voici la note que je pris : « Ce qui frappe tout d'abord dans cette tête de Picard agile, c'est qu'un tel homme devait être merveilleusement doué pour tous les arts manuels. Il voit les choses par le dehors, il excelle à saisir leur agencement. Certes il se préoccupe des pensées et des affections de l'âme, car il voit combien elles modifient les physionomies, mais il n'a pas l'amour de l'âme. Il ne s'émeut pas des passions qu'il épie. »

La Tour fut panthéiste pour avoir constaté une harmonie générale sous l'apparente diversité des choses, mais il ne posséda jamais de révélation intérieure, d'instinct religieux. Ce descripteur ne fut pas un intuitif. Les esprits de cette race ignorent que le seul inventaire vraiment complet de l'univers, c'est une ardente prière d'amour.

Observer, prendre des notes, les rassembler systématiquement, toute cette froide compréhension par l'extérieur nous mène moins loin que ne feraient cinq minutes d'amour. Nous ne pénétrons le secret des âmes que dans l'ivresse de partager leurs passions mêmes. C'est la méthode où se rejoignent les grands analystes et les purs instinctifs. Michelet mal renseigné sur l'Inde védique, sur les Iraniens, les Egyptiens et les Juifs, les enveloppe d'un tel nimbe d'amour qu'il les éclaire (dans sa *Bible de l'Humanité*) mieux que ne font les savants mémoires des érudits spécialistes. De même, pour adoucir l'agonie de son amant, je me fie plus aux soins délicats d'une maîtresse qui juge la plaie avec les yeux de sa tendresse qu'à toute la science des hygiénistes. Et encore, s'il s'agit de comprendre la direction de l'univers et la vie qui emporte tous les êtres, seuls ver—ront loin les passionnés. Un jour qu'une fille jeune dansait sur la table branlante d'un mauvais lieu d'Andalousie, ses seins frémissaient moins que les cœurs des matelots ivres qui, pour quelques pesetas, l'allaient posséder. Or, je le vis, ces hommes grossiers, en cet instant, communiaient avec cette femme et avec la vie universelle d'une façon plus étroite que ne firent jamais les hommes à systèmes, et de celle que dévoraient leurs yeux enflammés ils se faisaient une image incomparablement plus vivante qu'aucun des chefs-d'œuvre d'observation suspendus par La Tour dans les froides salles de Saint-Quentin.

Avril 1890.

LA LÉGENDE D'UNE COSMOPOLITE

Aux néo-catholiques.

Certains lieux fameux dans l'histoire de la sensibilité humaine portent nos âmes au delà de nos propres émotions et nous communiquent les fièvres qui les remplirent un jour. Telle la plage d'Elseneur, où l'obscur Hamlet lamentait la mort de son père et ses chagrins personnels; telles les chambres trop étroites d'Auxonne, de Dôle et de Seurres, où le jeune Bonaparte essayait en écritures déclamatoires son génie qui, si les trônes n'avaient pas été vacants, nous eût donné un Byron. Ce sont là des *stations idéologiques* aussi puissantes sur l'imagination que telles stations thermales sur des tempéraments déterminés, et les pèlerinages catholiques font voir merveilleusement que cette méthode d'exaltation intellectuelle réunit toutes les conditions pour tourner en passions la curiosité et le respect.

Mais chaque génération se choisit ses lieux de dévotion préférés, et c'est même dans ces élections que se révèlent les variations de la sensibilité. Qui de nos jeunes gens les plus récents songerait à s'émouvoir devant la maison close de l'avenue d'Eylau où s'éteignit une gloire retentissante? Nos jeunes aînés, tel M. Catulle Mendès ou encore M. Camille Pelletan, doivent nous plaindre de cette froideur, et même ils suspecteront notre bonne foi si j'ajoute qu'indifférents à la dernière demeure de Victor Hugo, nous sommes émus par certain petit hôtel du quartier Monceau! Certes, le sens de la mesure nous garde d'opposer *notre goût* à *leur culte!* mais nous sommes de ces dévots qui s'attardent dans une chapelle plutôt qu'à l'église cathédrale. Au 61 de la rue de Prony, vécut quelques années et mourut Mlle Marie Bashkirtseff, bien faite pour passionner ce millier d'intelligences dégoûtées, dont le ton attirant et irritant depuis quelques années intéresse la critique. Leur trait principal est peut-être que, froissées par toute inélégance, elles sont cependant plus soucieuses d'éthique que d'esthétique; elles aiment, pour tout dire, la vie intérieure des êtres plus que leur pittoresque extérieur. La monographie qu'a laissée cette jeune fille et qu'on a publiée sous le titre de *Journal de Marie Bashkirtseff* les satisfait mieux qu'aucune composition de nos écrivains de métier.

Je ne referai pas la biographie de Mlle Marie Bashkirtseff, d'autant mieux connue que c'est des détails de sa vie que ses fidèles nourrissent leur culte. Cette jeune fille, en dépit de ses succès de peintre, en dépit de sa mort cruelle à vingt-six ans, en dépit même de ses dons d'écrivain, les passionne uniquement par la sensibilité particulière dont elle vivifia les moindres circonstances de sa vie. Nulle existence qui offre une plus instructive collection de ces traits de clairvoyance et d'ardeur morale si fort à la mode chez les intellectuels d'aujourd'hui. Offert par une jeune fille, et par une fille parée du charme russe, si brutal et si raffiné, un tel état d'âme devait acquérir sur des jeunes gens un prestige particulier, et, en vérité, il leur inspire un sentiment voisin de l'amour, sans lequel il n'est pas de féconde méditation.

Sans douté, cette façon de concevoir la vie qu'expose Mlle Marie Bashkirtseff, vingt autres l'ont affichée. Mais avaient-ils de cette enfant élue la souplesse, la spontanéité et toute la sève vivifiante? Sur aucun des plis de sa robe, je ne retrouve cette poussière de bibliothèque dont les plus vivants de nos contemporains sont enlaidis. Et pour nous révéler le sens de nos propres sentiments, telle est la force d'une beauté sincère que nulle part je n'ai mieux approché la formule des âmes de demain que dans

la petite maison de la rue de Prony. J'y
allais par ce court chemin que la jeune
fille elle-même parcourut tant de fois, alors
qu'elle visitait Bastien Lepage mourant
dans cette maison de la rue Legendre, où,
par une rencontre qui me touche, j'ai suc-
cédé au bon peintre qu'elle aima comme
un frère. La mère inconsolée de celle que
nous rappelons m'a dit comment Bastien
Lepage, apprenant la fatale nouvelle, cacha
ses pleurs contre les coussins où lui-même
n'avait plus que trois mois à attendre la
mort. Mlle Bashkirtseff fut victime de ces
miasmes terribles qui volent épars dans
Paris; j'ai vu sur son bureau Kant et Fichte
ouverts à des pages passionnantes dont la
mort interrompit pour elle la logique. Ses
livres, ses tableaux, quelques menus objets
d'un usage familier, et son image à tous

les âges font de ce petit hôtel un touchant oratoire où la piété maternelle continue à servir, comme elle fit pour la jeune vivante, l'âme élégante et d'infinie ressource qui s'est effacée.

L'hôtel de la rue de Prony, la villa de Nice pleine de roses qu'elle aimait et le tombeau du cimetière de Passy, c'est à Mme Bashkirtseff qu'il appartient de les maintenir, mais cette émouvante jeune fille, nous sommes quelques-uns de sa race spirituelle qui la gardons dans notre imagination et, s'il est permis, près de notre cœur. Or, après six années, quand elle a pris dans la mort un recul suffisant, ne convient-il pas que, pour parfaire cette figure exceptionnelle et pour en dégager toute la valeur symbolique, nous lui organisions sa *légende*?

I

NOTRE-DAME DU SLEEPING-CAR

Et tout d'abord, admettrons-nous que le
petit hôtel de la rue de Prony fasse un cadre
satisfaisant à la plus inquiète des cosmopolites ? Quand nous la chérissons pour son
ardeur, pour ses dégoûts et pour sa compréhension, est-ce parmi ses toiles, est-ce même
dans notre Paris que notre rêverie l'évoque ?

Nullement. Voir en elle un peintre ou
une Parisienne, c'est étrangement la réduire.
Sans doute, ces tableaux que Mme Bash–

8

kirtsell a refusés aux sollicitations de tant
d'étrangers — des Américains surtout, passionnés pour cette étrange jeune fille —
font voir un grand sens de la nature et beaucoup de bonté. On le constate d'ailleurs à
toute ligne de son *Journal*, sa clairvoyance
des insuffisances de la nature n'excluait pas
chez elle la pitié : sa susceptibilité de délicate ne l'empêcha jamais de percevoir ce
qu'il y a d'immortel dans les plus humbles
fragments de l'univers. Elle possédait le
don précieux d'être pénétrée par la douce
lumière qu'il y a dans le regard des chiens
interrogeant leur bon maître. Mais précisément, sourions qu'elle ait prêté de l'importance au talent, elle qui possédait la
chose essentielle et si rare : une intelligence
indulgente. Et s'il faut la goûter de ce
qu'elle ne méprisait pas tous ces gens de

l'atelier Julian où elle étudiait la peinture, s'il est vrai qu'elle se diminuerait et nous irriterait en montrant à leur égard les sentiments qu'ils inspirent. pour d'insuffisantes raisons, à des notables mal cultivés, du moins affirmons que le goût qu'elle leur montra était compréhension, mais non pas identité. Elle les appréciait, mais en se gardant. Nous ne voudrons pas, sous peine de déformer sa physionomie, l'installer dans notre mémoire comme une artiste peintre.

Précaution essentielle ! et toutefois je doute, tant cette jeune fille se donnait à ses enthousiasmes, qu'elle ait jamais pris une conscience nette de cette différence que ses admirateurs sont bien forcés d'établir entre elle et nos meilleurs ouvriers d'art. Par quelle délicieuse naïveté s'attardait-elle à rivaliser avec Mlle Dupont? En vérité, il eût

été fort opportun qu'on indiquât à Mlle Bashkirtseff la doctrine qu'elle était autorisée à
pratiquer, la doctrine du suffisant dédain !

Le suffisant dédain eût enseigné Marie
Bashkirtseff à considérer les peintres, les
écrivains, les artistes, simplement parce
qu'ils ressentent des émotions qu'elle éprou-
vait elle-même. C'est pour cette qualité de
leur sensibilité qu'ils méritent qu'on les
classe avec honneur. Quant à leur capacité
de traduire et de fixer leurs sentiments avec
des couleurs, des phrases ou du marbre,
elle les désigne comme des utilités agréables,
voire nécessaires, dans toute maison bien
montée, mais ne peut, en aucun cas, les
placer dans la hiérarchie plus haut que les
âmes de leur qualité. Or telle est, pour sa
profondeur et son étendue, la qualité d'âme
de Mlle Bashkirtseff que nos talents les plus

fêtés ne sont à ses côtés que petites flûtes
près d'une partition complète. Parce qu'en
cette âme, toute jeune et toute faible qu'elle
fût, retentissait après tout la sensibilité
humaine, je dis qu'aucune de nos meil-
leures flûtes ne pourrait l'exprimer entière
et qu'elle les possédait toutes. Elle eut dans
sa petitesse le sens de l'universel. N'ayons
pas cette grossièreté de la confondre avec
des spécialistes, fussent-ils d'ailleurs ex-
cellents ouvriers peintres.

C'est encore au nom du suffisant dédain,
dont elle était tout animée bien qu'elle en
eût mal conscience, que je ne puis com-
primer sa mémoire dans Paris. Sans doute,
elle désira la notoriété passagère et bruyante
que donne notre ville ; je ne le lui reproche
pas ; même ce serait manquer d'intelligence
d'insister sur l'enfantillage du désir qu'elle

8.

avouait pour des médailles au Salon, de la réclame dans le *Figaro*, et de la vogue dans les maisons où l'on dîne. Cela satisfaisait sa conception momentanée de la vie. C'étaient les conditions de l'existence qu'elle désirait pour l'instant. N'est-ce pas un des traits de cette sensibilité ardente dont nous révérons en elle un des types les plus complets, de ne vouloir rien laisser sans y participer? Paris méritait assurément d'être une des stations de sa sensibilité, et c'est cela seulement qu'il lui fut. M. Theuriet, qui a édité ce que possède le public du *Journal de Marie Bashkirtseff*, a insisté de préférence sur les années d'atelier, de concours et tous les petits soucis parisiens ; nous projetons de publier *in extenso* ce *Journal*, et il nous donnera de Marie Bashkirtseff vingt attitudes pour une que nous lui vîmes d'abord.

Marie Bashkirtseff avait, en effet, toute jeune, amalgamé cinq ou six âmes d'exception dans sa poitrine trop délicate et déjà meurtrie. Quand elle mourut dans cet atelier de la rue de Prony, elle possédait dans son cerveau les livres de quatre peuples, dans ses yeux tous les musées et les plus beaux paysages, dans son cœur la coquetterie et l'enthousiasme. Toute jeune pèlerine qui cherche à travers l'Europe une fièvre dont on ne se lasse point, Marie Bashkirtseff nous laisse son souvenir à chérir et sa légende à amplifier, comme la plus émouvante représentation de la sensibilité cosmopolite.

Vous pouvez vous représenter Gœthe, d'après le tableau de Francfort, étendu sous un pin décoratif dans la campagne romaine ; Byron, qui galope sur le sable jaune du Lido,

au long de l'Adriatique désolée ; Balzac, dans
une chambre sombre au milieu du Paris
nocturne, et qui s'échauffe méthodique—
ment de soucis d'argent et de grandiose
sociologie ; mais de Marie Bashkirtseff,
quelle image, quelles mœurs, quelle patrie ?
Cette cosmopolite qui n'a ni son ciel, ni sa
terre, ni sa société, c'est une déracinée.
Dans le bréviaire des idéologues, pour
exprimer son bohémianisme moral, si étrangement compliqué de délicatesses, par un
trait un peu grossier mais significatif, nous
l'inscrirons sous le vocable de *Notre-Dame
du Sleeping-car*.

II

LE COSMOPOLITISME DE ROME

Et pourtant Marie Bashkirtseff, tandis
qu'elle mène de prairie en prairie l'élégant
troupeau de ses curiosités, et bien vite épuise
les beautés qui l'avaient attirée, nous livre
deux ou trois images où l'on peut profiter.
Assurément, elles ne valent pas plus que
des photographies instantanées. Nous ne
prétendons pas saisir une des attitudes de
cette inconstante, la donner comme son
portrait et nous en contenter. Mais ces

instantanés fournissent des *compositions de lieu*, comme dit Loyola, à notre goût pour la méditation.

Certaines minutes de sa délicate bohème me sont particulièrement significatives.

Sous nos yeux mi-clos, l'ingénieuse complaisance que nous avons vouée à cette jeune fille nous la représente qui naît à la puberté dans un bien de la Petite-Russie. Plaines sacrées pour nous qui ne les visitâmes que d'imagination ! Sous les brouillards qu'y met notre ignorance, elles font battre de tristesse et d'impatient amour nos cœurs. Dans ce *là-bas* se forme la beauté où, j'en suis sûr, s'épanouira ce sentiment informe qui nous remplit tous, jeunes gens chez qui les torrents de la métaphysique allemande ont brisé les compartiments latins. Là-bas, c'est où Mlle Bashkirtseff reçut,

comme les choses du monde les plus naturelles, cette vigueur d'esprit et de sensua-
lité qui nous restituera le sens de l'amour,
à nous autres de qui les pères ne savaient
plus que comprendre,

Mon imagination l'évoque encore qui
fréquente les villes d'eaux de Bohême, ver-
doyantes et pleines d'une musique qui, le
soir, assombrissait les âmes sans amour.

Puis elle fut à Nice, fringante sous le
soleil et portant au corsage des anémones,
des mimosas mêlés aux brins de tamaris.

Mais ces cadres, très suffisants pour
emprisonner dans notre souvenir tant de
jeunes étrangères élégantes et romanesques,
ne sauraient contenir et fixer celle qui fut
en outre passionnée de Spinoza. Si Mademoiselle Bashkirtseff doit être dite cosmopolite, c'est moins pour sa vie errante que

pour son intelligence. Elle put se prêter
aux hivers du littoral, aux printemps de
Paris, à la saison de Londres : elle s'accom-
modait de toutes les mœurs, car il y a dans
nos modernes cosmopolites ce que les manuels du baccalauréat nous disent d'Alcibiade, qui fut à Sparte le plus austère des
hommes et chez les Perses plus mol qu'aucun voluptueux. La belle difficulté ! Disons-
le en passant : qu'est Alcibiade auprès de
nous qui n'avons jamais trouvé notre milieu et qui tout de même vivons trente-six
vies ? Rapide à posséder le suprême ton de
chaque monde, Marie nulle part ne se sa-
tisfit : elle aspirait vers la fièvre du lendemain, dont les frissons lui devaient être
également médiocres et vains. De là son
perpétuel vagabondage, fait du désir que
son âme fut la somme des enthousiasmes

et aggravé de l'insuffisance de toutes les émotions où elle avait participé ; de là aussi notre conviction raisonnée qu'après tout, la ville où cette jeunesse inquiète et magnifique se fût trouvée le moins dépourvue, c'est la cité éternelle, la ville catholique, la capitale, Rome.

Rome, en effet, malgré son caractère éminent, est moins un lieu particulier que le plus complet abrégé de la culture européenne. Elle est faite des plus graves fragments de l'humanité. Marie Bashkirtseff, élégante et nerveuse, et qui n'avait que vingt ans, ne pouvait certes s'identifier à ce colossal Panthéon, mais cette atmosphère lui offrait un peu de toutes les poussières qui, à travers le monde, avaient délicieusement desséché sa bouche, excité sa soif

9

de jeune pèlerine. Elle n'y était privée d'aucune des ardeurs qui l'usaient, mais faisaient pour elle tout le prix de la vie.

Oui, Rome, qui fut à tous les siècles le cœur de l'Europe, est encore telle du point particulier d'où nous l'envisageons, et s'il faut à notre imagination un lieu idéal où placer cette jeune cosmopolite qui représente pour nous la sensibilité la plus moderne, ce n'est point un autre que nous élirons. Aucun des frissons qui agitent l'humanité n'est absent de Rome.

L'art de se servir des hommes, l'art de jouir des choses, l'art de découvrir le divin dans le monde, qui sont, n'est-ce pas? les trois amusements, le jeu complet d'un civilisé, Rome les enseigne, et d'une maîtrise incomparable !

1° Est-ce la mélancolie des souvenirs,

ses trésors d'art entassés ou les intérêts religieux? mais Rome présente une variété de nations, un mélange de sociétés, un concours de politiques, d'aristocrates et d'artistes, en même temps qu'une diversité de luxe, de poésies et de douleurs telle que, pour pénétrer les cœurs rares, les grandes intrigues et l'histoire des peuples, *pour apprendre à se servir de la société*, nul séjour ne prévaudra contre celui-ci, si l'on observe d'autre part qu'aucun des hommes supérieurs qu'il réunit n'y vient pour se distraire de soi-même, mais que chacun au contraire est enfoncé plus avant dans sa manie par la gravité incomparable de cette ville.

2° *La beauté des choses*, d'autre part, c'est à Rome seule qu'on s'en fait une complète éducation, parce que loin de surgir

au milieu du monde, comme ces fleurs
sans analogue que sont les arts de Flo-
rence, de Venise et des Flandres, les
galeries de Rome sont composées des plus
riches échantillons de la sensibilité occi-
dentale. En décorant ses palais familiaux
des œuvres de toutes les époques classiques,
Rome restitue à l'art son véritable sens.
L'œuvre d'art, en effet, se propose de résu-
mer, dans une formule essentielle et avec
une émotion communicative, des états psychiques et de nous y faire participer, pour
nous dédommager que nous n'ayons pas la
puissance ou l'occasion de les vivre. Dès
lors cette ville, — de laquelle j'indiquerais
aisément la faiblesse, qui est tout de même
de ne voir dans la nature que la dignité
humaine, — en appelant tous les arts à
l'éducation de l'homme, fait l'homme du

moins plus complet. Michel-Ange semble
exprimer le génie des siècles romains, —
comme Tiepolo, la fête mélancolique de
Venise, — Sodoma, l'ardente passion de
Sienne où sainte Catherine eut ses extases,
— Botticelli, la grâce cérébrale de Flo-
rence — et Watteau, le génie indulgent et
exquis d'un certain Paris parisien. Or les
Sybilles de Michel-Ange ne sont pas,
comme les filles de Watteau, de Botticelli,
de Sodoma, de Tiepolo, l'humanité raffinant
à droite ou à gauche : elles sont tout
l'homme poussant plus avant ses vertus,
l'homme plus virilisé.

3° Au reste, les églises, quel qu'ait été
le goût de Marie Bashkirtseff pour les salons et pour l'art, demeurent le véritable
rendez-vous de qui voyage avec le souci
des choses psychiques. Leur antique consé-

cration attire ceux-là mêmes qui ont perdu le sens des dogmes. Or, quelle ville opposerait ses basiliques à Rome ? Notre-Dame et la Sainte-Chapelle, la cathédrale de Cologne, Saint-Marc de Venise, Sainte-Sophie de Constantinople, dans leur éclatante diversité, apparaissent chacune comme la fièvre mystique particulière au pays qui les éleva. Mais Rome rassemble toutes ces fièvres pour en faire une force harmonieuse et, appuyée sur trois cent quatre-vingt-neuf églises, elle fait voir à notre imagination la chrétienté entière, l'Église.

Le catholicisme! Voilà où tendent et s'expliquent tous les mouvements de notre cœur, qui n'est obscur et mal à l'aise que pour avoir accueilli les fièvres de cinq ou six peuples. C'est tiraillé par elles que le cosmopolite erre à travers l'Europe; il les satisferait dans la capitale où convergent toutes les nations.

Tandis que sonnait le beffroi de Bruges, Marie Bashkirtseff, qui venait de visiter les Memling, se sentait, j'imagine, un peu béguine, et une part d'elle demeurait inoccupée ; de même, par un lourd soleil de printemps si, quittant le café Quadri, elle prit le frais aux voûtes de Saint-Marc, elle s'y sentit dominée d'un rêve sensuel d'Orient et une part d'elle soupirait encore. J'ai connu ces insuffisances des plus nobles stations, mais un soir de mai, vers les cinq heures, sous le chêne de San Onofrio où le Tasse sentit sa piété, compliquée des délicatesses de l'héroïsme et de la volupté, s'exalter jusqu'à la folie, je voulus baiser cette terre romaine. Qu'à Saint-Pierre, en effet, d'autres discutent ces froids espaces et cette pompe architecturale, pour moi j'y distingue seulement les confessionnaux qui tapissent cette immense enceinte et qui parlent toutes les langues. C'est ici le point mathématique où tous les soupirs civilisés se confondent pour former la sensibilité chrétienne. Tant d'émotions qui furent apportées sous cette coupole des points extrêmes de la chrétienté, en se réalisant dans une âme, la formeraient la moins marquée de particularités qu'on puisse imaginer et la plus capable de s'accomoder sans froissement des milieux les plus divers. L'âme qui serait faite de tous les péchés, de toutes les inquiétudes et de tous les scrupules qui vinrent ici chercher la paix, serait exactement celle que nous nous représentons sous le nom de sensibilité cosmopolite. Pour moi, jamais je ne franchis ce seuil fameux sans qu'une émotion d'être au point le plus sensible de l'humanité m'inclinât à m'agenouiller. Là seulement, parmi ces directeurs de consciences polyglottes, j'eusse pu trouver quelqu'un qui parlât, entendît ma langue. Là seulement eût été chez elle Marie Bashkirtseff, si belle, parce qu'elle était ardente de toutes les inquiétudes de tous les peuples. Sur cette jeune barbare toute neuve, toutes les fièvres s'étaient précipitées.

III

NOTRE-DAME QUI N'ÊTES JAMAIS
SATISFAITE

D'une certaine manière, des gens qui
renoncent à tout et des gens qui désirent
tout sont bien faits pour s'entendre. Les
uns et les autres, en effet, ne se satisfont
de rien ; ils ont jusqu'à en souffrir le sens
du précaire, le désir de la perfection. Oui,
cosmopolites et catholiques sont de la
même famille, et simplement nous devons
nous étonner qu'à une même époque on
puisse mener par des sentiers si diffé-

rents. la même poursuite de l'unité, du divin.

Afin que Mlle Bashkirtseff touchât en quels points ses sentiments s'accordaient avec le plus exalté catholicisme, et pour illustrer d'une anecdote romaine le tableau que je trace de la vertu surhumaine de cette ville, j'aurais voulu lui proposer un idéal de désintéressement auquel elle était bien digne d'atteindre. Connaissez-vous l'histoire d'Alexandrine d'Alopeus et d'Albert de la Ferronnays, telle que nous la raconte le *Récit d'une Sœur* et dont nous sommes quelques-uns à demeurer aussi émus que du *Journal de Marie Bashkirtseff*, car ce sont là deux monographies d'une sensibilité héroïque, embellies par le romanesque de la beauté et de la mort?

Mlle Bashkirtseff, qui était toute remplie

d'une ardeur un peu naïve pour les rapins
et pour le dessus du panier parisien, m'eût
sans doute interrompu aux premiers mots
que je lui eusse dits d'un livre réservé pour
l'ordinaire aux jeunes femmes un peu
timorées de province. « Né souriez pas,
aurais-je pu lui répliquer, le goût que j'ai
pour Albert de la Ferronnays et pour
Alexandrine d'Alopeus part des mêmes
préoccupations qui m'attirent vers vous.
L'étrange importance que vous attribuez au
talent ! Et quand, à les juger de notre point
de vue d'école, il serait prouvé que leur
langue est terne et leur vocabulaire banal,
en voilà un bel empêchément à ma vio-
lente sympathie ! Je les aime parce qu'ils
ont de l'exaltation désintéressée. » Les
héros du *Récit d'une Sœur* ont éprouvé
l'amour pur dont Leibnitz a donné une

définition que je veux rapporter, car, avec leur sécheresse, les Leibnitz, les Comte et les Spinoza passent singulièrement les gentilesses des artistes. « L'amour pur, dit-il, c'est d'être porté à trouver du plaisir dans les perfections ou dans la félicité de l'objet, et par conséquent à trouver de la douleur dans ce qui peut être contraire à ces félicités. Cet amour a proprement pour objet les substances susceptibles de la félicité, mais on en trouve quelque image à l'égard des objets qui ont des perfections, sans les sentir, comme serait, par exemple, un beau tableau. Celui qui trouve du plaisir à le contempler et qui trouverait de la douleur à le voir gâté, quand il appartiendrait même à un autre, l'aimerait pour ainsi dire d'un amour désintéressé, ce que ne serait pas celui qui aurait seulement en

vue de gagner et de vendre ou de s'attirer
de l'applaudissement en le faisant voir. »
Albert de la Ferronnays poussa l'amour
jusqu'à offrir sa vie à Dieu pour qu'Alexandrine d'Alopeus, une schismatique qu'il
aimait, connût la vraie religion. Peu après
il mourut, et, auprès du lit de leurs brèves
amours, devenu par l'intensité de son vœu
d'idéaliste son lit de mort, une partie de
l'hostie qui allait être son viatique fut la
première communion de sa jeune amante.

Combien il m'humilie déjà cet homme
singulier, assez désintéressé pour souhaiter
la mort entre les bras de celle qui l'enivre,
afin qu'elle soit encore ennoblie par la
possession de la vérité! Mais où je suis
glacé de dégoût envers moi-même, c'est
quand je vois celle qui prit sur les lèvres
refroidies du mort un don si fort de mépri-

ser les choses périssables qu'elle s'éleva jusqu'à dire : « Lorsque j'ai été dépouillée de tout, c'est alors que mon bonheur et mes délices et mon amour ont commencé. »

Le voilà, ce sentiment du précaire et cet élan vers la perfection, par quoi sont emportés, presque aussi fort que les catholiques, ces cosmopolites qui se pressent de pays en pays, de passions en passions, enthousiastes et jamais possédés, renonçant chaque jour et désirant toujours, les yeux fiévreux et les mains sans prise, parce qu'aucune des formes passagères qui emplissent l'univers ne leur livre le nonpérissable, le divin. Hautain idéalisme où communient, sans se reconnaître, le cosmopolite qui ne veut plus ni patrie, ni foyer, et le catholique qui renie même cette terre. Nul lieu ne les contentera, hors Rome où veillent les Sibylles de Michel-Ange, dont les yeux graves font voir une âme goûtant le plaisir amer d'adorer ce qui ne meurt pas, au milieu de tout ce qui passe.

A notre cosmopolitisme, à notre dilettantisme, à notre cher nihilisme enfin, pour dire le mot qui résume le mieux notre déracinement moral, la grande ville catholique restitue leur sens complet, en même temps qu'elle leur donne une haute allure. A sa lueur, nos dégoûts et notre ardeur m'apparaissent ce qu'ils sont en réalité, des sentiments religieux. Mlle Bashkirtseff fut emportée par une injuste mort avant d'avoir profité de l'éducation de Rome. Il faut pourtant lui en assurer le bénéfice dans la légende que nous lui organisons.

Paris, par sa coquetterie et sa bonne

grâce, Londres, par l'hospitalité solide et digne de ses cercles et de ses petites maisons, Venise, par sa fièvre romantique, se font accepter du premier abord. Mais Rome est une acquisition si lourde qu'une âme de vingt ans défaille. Cette ville-là, tout épurée de vulgarité, n'est pas une jolie maîtresse qui accueille et caresse nos habitudes ; c'est une impérieuse qui froisse et rompt en nous ce qu'elle estime indigne. Qu'y fût devenue Marie Bashkirtseff ?

Sans qu'on puisse en douter, son bohémianisme, qui n'était d'abord que l'agitation d'une petite barbare de race jeune et avide, et que Paris transforma en recherche de la culture, Rome l'eût élevé au point qu'il fût devenu le mal familier aux grands idéalistes qui se lassent de tout parce que, seule, la perfection les satisferait.

Honoré soit-il, ce sentiment du précaire qu'eut avec tant d'intensité cette petite fille. Nous avons eu raison d'y méditer. Il nous fait participer à ces mépris supérieurs que ressentent pour la réalité, pour leur moi actuel, tous les hommes soucieux de l'univers qu'ils renferment en puissance et du moi supérieur qu'ils ne sont pas encore. Maintenant que je lui ai constitué toute sa valeur légendaire, celle que je saluais du nom bassement moderne de *Notre-Dame du Sleeping-car* nous apparaît une représentation de la force éternelle qui fait surgir des héros dans chaque génération, et, pour qu'elle nous soit de bon conseil, cultivons sa mémoire sous le vocable hautain de *Notre-Dame qui n'êtes jamais satisfaite.*

1890

TOUTE LICENCE

SAUF

CONTRE L'AMOUR

LETTRE A UN LECTEUR FAMILIER

SUR LA MÉTHODE DE CE TRAVAIL

Est-ce la peine d'agir, monsieur? Voici un petit travail sur les antinomies de la pensée et de l'action que je vous offre, quoique la matière en soit misérable, et précisément parce qu'elle est telle, car vous êtes un des rares individus qui la mésestimeront pour les raisons que j'en ai. Vous et moi, si j'en juge d'après le goût que nous montrons pour mes romans idéologiques, nous nous faisons des choses une concep-

tion qui rend fort oiseuse cette enquête et
tout à fait ridicule le jargon de « pensée,
action, monde intérieur, monde extérieur.»
Mais veuillez suivre, dans cette brève pré-
face, les motifs de ma complaisance momentanée pour ce détestable langage et
pour le tour d'esprit qu'il dénonce.

Dans le premier chapitre intitulé *Enrégimentement de la jeunesse*, j'ai décrit des
jeunes êtres qui, tout ardents d'une naïve
curiosité du monde extérieur et éperonnés
par l'éloquence véritable de personnes
éminentes, s'emballent pour cette agitation
vague qu'ils nomment *l'action*. Dans le
second, *Eloge du scepticisme*, j'ai opposé à
ce troupeau simpliste le caractère de personnes qui, dans leur goût pour leurs vrais
instincts, ont trouvé la clairvoyance. Puis
cette antithèse posée, je me suis soucié de

convaincre plus que d'humilier, et dans un troisième morceau, j'ai tâché de concilier ces antinomies. On goûtera peut-être l'ingéniosité de la méthode par où j'amène à nos conclusions habituelles ceux de qui le tempérament tout d'abord s'effaroucha.

Les snobs, si je suis bien renseigné, distinguent du professeur qui enseigne chez soi celui qui se rend à domicile. C'est ce dernier qu'ils placent le plus bas et que j'ai voulu être dans cette brochure. Je suis allé trouver chez eux ceux que je voulais enseigner. J'ai accepté leur atmosphère, j'ai admis leur vocabulaire et j'ai paru me plier sur leurs mœurs intellectuelles. Par habileté pédagogique, j'ai adopté durant quelques heures cette distinction de la pensée et de l'action qui leur est familière

10

et qui est bien, n'est-ce pas, la plus extraordinaire imagination de malheureux qui
voient avec leurs yeux, entendent avec leurs
oreilles et n'ont aucun tact intérieur.

Assurément le moi seul existe. Il n'y a
pas un monde extérieur, étranger et hété-
rogène par rapport à la conscience. Une
telle conception est le produit d'un développement philosophique incomplet. Outre
qu'elle est basse, elle a des conséquences
déplorables. Car dès l'instant que la vie
sensible, le monde extérieur et tous les intérêts qui s'y rapportent sont un pur néant,
sans valeur ni réalité en eux-mêmes, les
efforts dont elle est le principe et le but sont
également vaine agitation et néant. Ainsi
disparaissent ces douloureuses contradictions de la pensée et de l'action que les
hommes, depuis des siècles, s'essayent à

résoudre. L'action, c'est vouloir agir sur le monde extérieur, et si celui-ci n'existe pas, nous ne pouvons qu'agir sur notre moi pour qu'il épanouisse l'unité naturelle des mille parts qui le composent : c'est la méthode de la culture du moi. Toutefois le vulgaire croit à l'existence d'un monde extérieur, et il faut compter avec cette illusion qui a pris, depuis quelques siècles, une importance considérable.

D'où tenons-nous cette notion erronée ? Mon ami Georges Montière la rapporte à Adam et Ève qui en furent affligés pour avoir désobéi. Eux qui vivaient avec tant d'aisance, soudain ils se troublèrent et se distinguèrent des choses ; ils n'étaient plus en harmonie avec eux-mêmes. Ces deux juifs prolifiques ne sont pas seulement les pères de tous les hommes, mais encore de

toute illusion. Sitôt exclus de l'état d'âme
qu'on appelle le Paradis, ils commencèrent
à agiter le problème des antinomies de la
pensée et de l'action. Moins préoccupé de
la Kabbale que de Fichte, Téodor de
Wyzewa estime que le monde extérieur
n'est qu'une invention du Moi mal clairvoyant, mais qu'à force de se transmettre
par l'hérédité, il existe, c'est-à-dire qu'il
est inné dans notre Moi actuel. L'univers
est notre invention, mais tel que nous
ne sommes plus à même de le supprimer.
Ainsi l'une et l'autre explication, la métaphysique comme la religieuse, s'accor-
deraient (et là elles ne contredisent nullement les hypothèses scientifiques sur la
formation de conscience dans la série des
êtres) à faire du monde extérieur une sorte
de péché originel, une façon de voir qui

est en nous comme une tare de naissance.
Il est impossible de s'en purger complète-
ment. Et bien que le monde extérieur n'aie
pas devant la pure raison le droit d'exister,
on peut dire cependant qu'il est en train
d'exister. Il y a en faveur de cette erreur
des sens comme un droit de prescription ;
pour ne l'avoir pas repoussée assez rapidement, elle a pris propriété dans les parties
basses de notre être.

De là l'attitude que j'ai adoptée à son
égard. Les quiétistes disaient des erreurs
de leur chair : nos sens peuvent com—
mettre tous les péchés qu'il leur plaira ;
ces choses sont trop laides pour que nous
souillions notre âme à les surveiller. Et
nous aussi, nous méprisons trop cette conception de la réalité du monde extérieur
pour nous dépenser à protester continuel-

lement contre les basses parties de notre
Moi qui inclinent vers cette grossière et
héréditaire illusion. Il y a en nous un certain nombre d'appétits qui ne peuvent se
satisfaire que dans cette relation avec le
monde des apparences, dite vie active. Je
leur ai trouvé là des joujoux; et la certitude que j'ai de l'inanité du but qu'ils
poursuivent me laisse une parfaite indifférence quant aux résultats, et une profonde paix intérieure tandis qu'ils bataillent
contre des apparences.

Cette méthode si forte, si lumineuse, j'y
atteignis aux dernières pages de l'*Homme
libre*. Concession apparente à l'illusion du
monde extérieur, mais grâce à cette tactique
je poursuivais avec plus de liberté la culture, l'épanouissement de mon moi. On
vit dans *Le Jardin de Bérénice* que j'étais

bien près d'atteindre à l'Unité, de résoudre les contradictions de l'Univers et du Moi qui le crée. Dans un livre prochain, l'*Ennemi des lois*, j'espère surmonter encore quelques difficultés.

Mais ces petits romans idéologiques, nés d'une prodigieuse susceptibilité cérébrale, ne valent pas pour le vulgaire. Une partie du public s'effaroucha du paradoxe, presque sans exemple, d'un jeune homme qui tient pour étrangers, pour « barbares », tous les hommes, fussent-ils des maîtres éminents, et repousse comme choses étrangères ce que le siècle a jusqu'à présent tenu pour le plus précieux et le plus sacré de sa civilisation. Ma méthode valait pour des esprits qui constatent douloureusement à vingt ans la contradiction et le sans racines de toutes les notions dont on les a chargés.

Ils partent de cet état général pour y remédier ; ils trouvent une force même, comme des ressorts courbés, dans la contrainte qu'ils en subissent. C'est en niant qu'ils s'acheminent vers l'affirmation. Mais de nombreux jeunes gens d'autre race, par ces négations sont choqués, désorientés. C'est qu'ils n'ont pas ressenti si vivement la contrainte des barbares. Leur répugnance à me suivre, leur protestation même m'ont fait réfléchir. A divers symptômes, j'avais distingué qu'en dépit de cette mésentente, ces esprits sont trop nos contemporains pour ne pas élire la même vérité que nous. Évidemment j'avais été un démonstrateur maladroit. Et voilà pourquoi, renonçant à faire venir chez moi ceux que je voulais enseigner, je suis allé les trouver à domicile.

Comme leurs âmes nullement révoltées, pas même indépendantes, répugnent à la table rase où je les engageais, j'ai décidé d'utiliser les notions dont ils sont imbus. Puisqu'ils croient à la politique, à l'enseignement, à la littérature, tels que le siècle les vante, je vais en raisonner avec eux sans les contredire. J'exposerai purement et simplement la vérité comme elle est en elle-même, sans me préoccuper de la mettre en contradiction avec l'erreur, et vous verrez que j'obtiendrai l'assentiment involontaire d'esprits qui ont moins d'objection à nos affirmations que d'effroi de nos négations. Leur grande répugnance est de se prononcer contre des opinions qu'ils ont préjugées, mais ils arriveront à admettre qu'il n'y a qu'une loi : l'amour; qu'une barrière : faire de la peine à un être. Ils admettront encore que cet amour, nulle argumentation, nulle éloquence véritable ne peut nous le faire ressentir, rien que le retrouver en nous où il est toujours. Insensiblement ils arriveront ainsi à la seule méthode, c'est l'exaltation du moi et sa culture, — qu'il fallait démontrer.

Ainsi cet essai sur les antinomies de la pensée et de l'action, c'est, transposé dans un autre plan, le problème agité dans ces livrets *Sous l'œil des Barbares, Un Homme libre,* le *Jardin de Bérénice* et l'*Ennemi des lois.* Je transporte en plein vent la culture que j'avais créée dans ces jardins fermés. Et que j'y réussisse, cela vaut à mes yeux comme une vérification de l'excellence de ma méthode. Car ce qui distingue un raisonnement d'un jeu de mots, c'est que celui-ci ne saurait être traduit.

CHAPITRE PREMIER

(thèse)

L'ENRÉGIMENTEMENT DE LA JEUNESSE

On parle beaucoup de l'*Association des
étudiants de Paris*. M. Lavisse la patronne,
les moralistes y interrogent « la nouvelle
génération » et les opportunistes l'accapa-
rent. C'est au juste un cercle où se réunissent les jeunes gens qui étudient dans
les diverses facultés. On ajoute que c'est le
lieu où se prépare l'âme de la patrie. Tout
d'abord vous ne saisissez pas le rapport
qu'il y a entre un café, une salle de billard,

un salon de lecture, fussent-ils à bon marché, et un développement moral quelcon-
que. Mais c'est précisément le caractère
de la philosophie de percevoir des rapports
qui échappent au commun, et M. Lavisse,
grand organisateur de ces associations d'é-
tudiants, est un des philosophes les plus
actifs de cette époque.

*
* *

J'ai assisté au début de ces associations.
La première qu'on essaya en France fut
fondée à la faculté de Nancy où j'étudiais.
Ayant loué une salle de brasserie et rédigé
des statuts, quelques personnes discouru-
rent. Avec une belle chaleur de patriotisme,
ces orateurs disaient que ce groupement
fortifierait notre sentiment de la dignité des

professions intellectuelles. A dire vrai, les
étudiants s'en faisaient déjà une idée considérable, de leur dignité : par orgueil profes-
sionnel, ils tiraient la sonnette des bourgeois,
expulsaient des bals, avec des épithètes
dégradantes, les employés de commerce, et
dans les lieux publics tapageaient pour
qu'on fît des prix réduits à leur corpora-
tion. On voit que leurs soirées étaient rem-
plies du sentiment de leur dignité, avant
même qu'ils eussent une association. Mais
à minuit elle rendait vraiment des services.
Quand tous les cafés étaient fermés, son
local restait ouvert ; on s'y réunissait pour
manger des escargots, qui sont les huîtres
de l'Université.

C'était là le plus net avantage. Nos orateurs ne le méconnurent point ; et faisant
allusion à ces loisirs élégants, ils disaient

11

dans les séances officielles : « Gardons-nous
de blâmer ces gaies réunions où les jeunes
gens fêtent ensemble leur jeunesse ! C'est
là qu'ils resserrent des liens qui les uniront
à travers tous les malentendus de la vie.
Ah ! qu'elles sont riches en bénéfice pour
l'existence entière, ces camaraderies sans
calcul de la vingtième année ! »

Éloquentes promesses, mais trop vaines !
Ils se sont évanouis, les espoirs que j'avais
fondés sur les escargots de minuit. Ceux-
là qui les avaient mangés à mes côtés ne
voulurent plus s'en souvenir quand ce
m'eût été avantageux. Dans cette association, ne mettions-nous donc en commun
que l'insupportable fumée de nos cigares ?
Ces camarades promis à toute ma vie, du
jour que des nuances distinguèrent nos
intérêts, me méconnurent. Il y a peu, à

Nancy, les plus jeunes, mes successeurs sur le tableau de l'association, me tiraient la langue dans les réunions publiques, et mes contemporains, mes vieux camarades pourtant, allèrent jusqu'à me traiter de césarien, encore que j'eusse été leur sous-bibliothécaire !

Je crois donc judicieux de s'en tenir à voir dans ces associations une facilité offerte aux étudiants pour qu'ils se donnent du confort et du plaisir à bon marché. Moyennant une faible cotisation, les voilà largement installés. Fort bien, mais aussi les voilà enrégimentés.

L'Association rassemble des jeunes gens qui vivaient par petits groupes, puis elle les place, en dehors même des cours, sous l'influence de leurs professeurs : elle substitue aux anciens étudiants si variés de

mœurs, de tendances, de doctrines, un type
uniforme. C'est cette mainmise sur l'initiative de la jeunesse que je considère comme
très grave.

L'étrange rage, cette manie moderne de
donner une façon commune à tous les
esprits et de briser l'individu ! Pousserons-
nous jusqu'à la folie notre esprit scolaire ?
Déjà aux enfants, sous la discipline des
collèges, on impose, quelque différentes que
soient leurs natures, la même culture, les
mêmes mœurs. Tous, d'un bout de la
France à l'autre, à heures fixes, ils ont le
devoir de parler, de remuer, de lire des
livres qu'ils n'ont pas choisis, et d'écrire
des phrases qu'ils n'ont pas comprises.
Nulle concession à la liberté d'une intelligence qui se cherche ou d'un tempérament
qui se forme.

Après cette éducation criminelle, dont la majorité de chaque génération sort hébétée et bonne seulement pour le mécanisme des basses administrations et de la magistrature, on rendait du moins aux jeunes gens une part de liberté intellectuelle. Ceux que n'avait pas estropiés le brodequin des règlements se mettaient à chercher leur voie. En dehors des cours de la Faculté, ils avaient le droit et la facilité de découvrir leur personnalité. Alors des hommes naissaient.

Oui, jusqu'à cette heure, la vie d'étudiant après le lycée, c'était l'affranchissement. Et voici que sur ces libérés, sur ces enfants à qui la société faisait quelques années de demi-indépendance pour qu'ils pussent se choisir un rêve de vie, vous mettez la main ! Une main d'ami, dites-vous, de

camarades aînés qui veulent s'associer aux
efforts de la jeune génération ! Vaine rhéto-
rique ! Des maîtres et des élèves ne colla-
borent pas ; si discrète que soit votre inter-
vention, les idées que vous croyez leur
conseiller, vous les leur imposez : cela par
l'autorité de votre science et de votre âge,
et aussi parce que je vous défie, éminents
connaisseurs d'hommes, de découvrir leurs
véritables instincts qu'ils ignorent encore
eux-mêmes. On n'aide pas sans la froisser
une âme de vingt ans qui veut éclore.

La force de l'intelligence et de la sensibilité appartient à ceux-là seuls qui vivent
dans un contact sincère avec leur moi. De
quelque ordre de la pensée qu'il s'agisse,
l'originalité est à celui qui pratique la recherche de la vérité dans toute sa franchise.
sans intermédiaire, sans convention, mais

tâtonnant jusqu'à ce qu'il touche le fond
vrai de sa nature. Tant de maîtres excel-
lents, tant d'honnêtes camarades ne com-
pensent pas les fortes méditations intérieures
que leur présence rend impossibles. En
vérité, je ne vois pas les Taine, les Renan,
les Michelet nourrissant à vingt ans leur
esprit dans ce maigre pâturage de deux
mille jeunes gens de la petite bourgeoisie,
qui n'ont à mettre en commun que leur
misérable expérience de lycéens, leur
timidité héréditaire et leur tapage de baso-
chiens !

Ah ! chère jeunesse de notre Michelet
qui s'enfermait dans les tendres soucis du
foyer et dans la conversation d'égal à égal
avec les génies de l'humanité ! Son cercle
et tout son confort, c'étaient les bibliothèques
qui lui semblaient belles comme des tem-

ples, parce qu'il y portait un cœur que n'avaient pas affadi la société des médiocres et leurs vaniteuses discussions ! Ah ! les douceurs et les amertumes également fécondes de la vie solitaire ! Cette piétié de soi-même, ce culte des nuances intérieures, cette comparaison de son moi avec les plus illustres sensibilités, tout cet égoïsme innocent du jeune homme qui vit isolé, c'est la conception religieuse de la vie, c'est une aurore d'idéalisme dont le bénéfice demeure à l'esprit dans toutes les phases de son développement.

Comment connaîtrait-il la fièvre qui monte du sable humide des jardins du Luxembourg, le troupeau de l'Association ? Le souffle qui sort de ces platanes et qui conseilla tant de génies adolescents n'est guère entendu de celui qui dispose d'une salle de billard, de deux cents journaux, de consommations à prix réduits et de deux mille camarades dont quelques-uns chantent à ravir la chansonnette.

Mais si la vie intérieure leur manque, auront-ils au moins l'enseignement de Paris? Dans cette abondante végétation, dans cette énorme activité où le jeune homme s'instruit, cherche sa voie, découvre le sens de son époque, un ami ou deux suffiraient, pour raisonner avec eux le soir sur les impressions de la journée ; mais tant de camarades lui font un monde d'où il ne sortira plus.

Pourrait-il leur échapper ? Je ne sais, mais il n'en a pas plus le désir. Ils lui sont un milieu matériel avec ce cercle, ces commodités ; bien vite ils lui seront aussi un

milieu moral ; ils lui font son atmosphère.
Au cours de la faculté, puis dans la salle de
café, de lecture ou de billard, il les retrouve ;
de chacun d'eux il reçoit précisément les
idées qu'il a lui-même, ses préjugés, ses
ignorances, un bagage vulgaire comme
tout ce qui naît des hommes assemblés,
car c'est une loi constante : mettez des jeunes
gens ensemble, les plus distingués baisse-
ront, les pires monteront, et il se fera un
niveau de médiocrité.

Il vit, dites-vous, dans un centre immense, dans la ville où la variété des idées,
des faits, des caractères et des points de
vue est illimitée. Vaine apparence ! Prison-
nier enchanté des habitudes faciles que
lui fait son association, il aura passé six
années à Paris sans rien ramasser de ce trésor
étalé.

Peuvent-ils me contredire les hommes considérables qui patronnent ces associations ? Comment se refuser aux principes où je me résume :

1° Des jeunes gens qui se réunissent ne mettent en commun que leur médiocrité, car ils ne trouvent de point de contact que dans leurs parties les plus vulgaires.

2° C'est au jeune homme à se trouver sa loi morale, sa conception du bonheur. Toujours des maîtres ! des organisations ! Vous pesez sur la France jusqu'à l'étouffer. Il n'est de vérité utile que celle trouvée par un esprit s'orientant lui-même selon les instincts obscurs de sa vingtième année.

C'est que j'examine la question du point de vue des jeunes gens. Mais pour M. Ferry, qui discourait hier à leur ban-

quet, l'humanité est une vaste plaine où il
s'agit de récolter des électeurs. Il a bien
souci d'aider ces nouveaux venus à faire
aboutir l'inconnu qu'ils portent en eux !
Convaincu qu'en sa politique est la vérité
éternelle, il plierait volontiers toute cette génération de demain sur le modèle un peu
défraîchi de M. Reinach. Pour un politi-
cien illettré l'*Association* n'est qu'un
instrument.

Si M. de Vogüé d'autre part témoigne
une chaude sympathie à ce groupement,
cela lui vient d'une tendance très naturelle
à admettre la réalité objective des nobles
adjectifs où il se plaît. Quand il a parlé
avec cette belle émotion ornée que vous
lui connaissez de « l'âme de demain », des
tristesses de cette « fin de siècle » et des
espoirs de la « nouvelle génération », a-t-il

le droit de douter de l'institution qui lui servit de prétexte?

Quant à M. Lavisse enfin, il lui fallait un milieu où son activité, ses qualités de directeur d'hommes et d'organisateur pussent se jouer. Tout esprit de valeur et qui se sait digne d'un rôle se crée fatalement son théâtre et son public. En vérité s'il faut que nos futurs notaires, médecins, avocats et substituts jouent au billard à prix réduit pour que M. Lavisse développe son très noble idéalisme patriotique, je n'hésite pas à me résigner.

La vie de la plupart des étudiants, j'en conviens, se passa toujours en menues fêtes vulgaires et dans une complète insouciance intellectuelle ; le caractère officiel qu'ils donnent aujourd'hui à leurs petits plaisirs et à leurs vagues recherches morales aggravera-t-il beaucoup leur médiocrité?

Pour ceux d'entre eux qui ont de la personnalité, j'espère bien qu'ils répugneront à cet enrégimentement, à toute promiscuité avec la foule des demi-étudiants.

CHAPITRE II

ÉLOGE DU SCEPTICISME

Pour ma part, je suis si peu sceptique, au sens ordinaire du mot, que je ne puis pas supporter cinq minutes d'équivoque là-dessus, et dès ce début je tiens à déclarer ce qui ressortira de ma description : le sceptique que je loue n'est pas l'homme frivole qui effleure toutes choses et en sourit pour se dispenser de les pénétrer, mais celui qui, considérant avec clair-voyance l'ordinaire de la vie, n'en a que du dédain parce que visiblement elle est faite de choses trop misérables auprès d'un ou deux rêves, qu'il cultive avec l'ardeur d'un croyant, lui, prétendu sceptique.

Des gens voudraient que nous participions à leurs tracas pompeux, à leur niaise trépidation, mais la pauvreté et le fugitif de tout cela nous apparaît dans un contraste trop saisissant auprès de ces grands problèmes, par exemple la *conservation et l'agrandissement de notre moi* ou encore la *préparation à la mort* qui, eux, sont d'actualité à toutes les heures de notre vie.

Et si j'ajoute qu'à cet instant, après avoir parlé de culture intensive du moi et de préparation à la mort, je me suis arrêté pour en sourire — non que ces idées ne me soient chères, mais parce que je sens combien elle conviennent mal aux impor-

tants, si vides! que je retorque ici —
j'aurai noté la forme essentielle du scep –
ticisme que je loue.

D'une part, un amour projeté avec une
telle violence que tout ce qui n'est pas son
objet demeure dans une nuit profonde ;
et de l'autre, un tact très affiné qui enre-
gistre tous les contrastes, d'une gaieté un
peu âpre, qu'il y a souvent entre nos idées
et les conditions de leur manifestation.

Donc indifférence complète à tout ce
qui n'est pas notre moi, ses vrais instincts,
ses vrais besoins, et de ce cher moi lui-
même quelques sourires quand il y prête :
voilà l'attitude familière à quelques-uns des
meilleurs esprits de ce temps, et de quoi
je loue les sceptiques.

Mais cultiver notre propre personne,
étudier nos besoins, servir nos instincts,

cela même ne va pas sans d'infinies hésita-
tions. Ils ne sont guère commodes à satisfaire, ces désirs obscurs que nous sentons
en nous. Dans les questions sociales, philosophiques et autres, qui nous tiennent
tant au cœur, quelle est la solution qui
nous apaisera ? Là–dessus chacun tergi-
verse. C'est ainsi qu'on n'a jamais plus
l'air d'un sceptique qu'à mener avec scrupule l'enquête de la vérité.

Et quand on l'a trouvée, la vérité, il ne
faut pas non plus trop s'éloigner du scepticisme. La vérité, en même temps qu'elle
affirme un objet, ne nie pas son contraire.
Cela touche au gâtisme, mais c'est purement de la compréhension. Bien connaître
une chose, c'est apercevoir même les
motifs qu'il y a d'en douter.

Le monde moral est un immense jardin

où fleurissent mille faits, et chacun des hommes, selon son tempérament, en souffre ou en jouit. Pourquoi blâmerais-je mon voisin qui en ressent des impressions opposées aux miennes? Il traite de canailles des braves gens que j'aime beaucoup : cela m'excite d'une vive curiosité dans mes meilleurs jours, et à l'ordinaire cela m'indiffère.

Peut-être, avec son goût très vif de la sincérité, le sceptique cédera-t-il quelquefois à s'indigner contre le pharisaïsme. J'entends par pharisaïsme, une habitude peu répandue dans le peuple qui est tout instinctif et chez les esprits supérieurs qui ont le goût de voir clair en eux, mais familière aux esprits de demi-culture : ils se parent sur toutes questions de sentiments qu'ils n'éprouvent pas, mais qu'ils jugent conve-

nables. Et cette hypocrisie leur est si
constante qu'ils arrivent à étouffer tout
mouvement sincère en eux et à vivre uniquement dans les mots. Quand ils miment
pour ceci ou contre cela tous les gestes de
la passion, savent-ils même que leur âme
n'y est pas intéressée? A force de masquer
leur moi, ils arrivent à se le cacher à eux-
mêmes. Les pauvres gens! Ils avalent toutes
les heures de leur vie comme une poudre
donnée par le médecin et dont ils ne savent
rien sinon qu'elle est selon la formule.
Aussi, quoiqu'ils soient une tourbe fort
odieuse, vaut-il mieux rire d'eux que s'en
fâcher, car ce sont perroquets et singes. Et
au dernier mot, le mieux est de ne plus
même les remarquer, car ils sont tellement
grouillants dans la vie qu'on entend leur
coassement identique et insignifiant tout au

long du fossé qui entoure notre jardin fermé.

Ce jardin fermé, saurai-je dignement en parler! c'est le coin secret de soi-même, le bon terrain de la culture intérieure, le bosquet sacré où le sceptique médite sur chaque fleur qu'il voit entre les mains des hommes. L'accueillerai-je, se dit-il, pour qu'elle se développe en moi et que j'en jouisse? La repousserai-je? Cet homme sincère est bien décidé à ne jamais se parer de sentiments qui, chez lui, ne seraient que des mots, fleurs coupées sur d'autres âmes et qui, dans son propre cœur, ne peuvent prendre de racines profondes.

Mais cette même clairvoyance qu'il a des autres, après l'avoir amené à cette indifférence à leur égard, l'engage à se tenir vis-à-vis d'eux de telle sorte qu'ils ne viennent pas jeter des pierres dans son jardin fermé.

Le sceptique se pique de se conformer aux mœurs de son époque et de plaire à ses voisins. C'est ce qu'on appelle sacrifier aux Dieux de l'Empire. On ne saurait empêcher l'organisation sociale et les hommes d'être tels que nous les voyons autour de nous ; ils entourent le sceptique comme l'autre, mais le sceptique en use avec un dégagement d'esprit qui, dans les mêmes circonstances, lui permet de tirer des mêmes hommes des jouissances extrêmement fines, et de donner en quelque sorte de l'esprit aux institutions qui en sont le plus dépourvues.

Sévit-elle assez aujourd'hui, la manie des concours, des décorations ! Je vais vous dire deux traits assez significatifs de l'usage qu'on peut faire de cette misérable institu-

tion selon qu'on est sceptique ou non. J'ai
un ami de collège qui couvre les murs, et
les murs les plus décriés, de ses affiches
pharmaceutiques ; il s'intitule là-dessus
lauréat de l'Université. Ce titre a piqué ma
curiosité ; je me suis informé, et j'ai appris
qu'en effet, du temps que nous étions dans
les petites classes, il avait eu un sixième
accessit d'instruction religieuse. Visiblement de cette forte instruction religieuse de
ses premières années il a conservé un tour
d'esprit dogmatique ; il prête trop d'importance aux formules, il s'exagère l'importance de ce titre universitaire, c'est un léger
ridicule que lui eût épargné un peu de
scepticisme. En outre, on affirme qu'il est
un mauvais droguiste ; dans ce cas, voilà
bien des personnes qui seront mal soignées,
si elles ne se permettent pas de douter de

l'une de nos plus grandes institutions, l'Université, dont il est lauréat. Si elles ne sont pas un peu sceptiques, elles en souf-friront, et au cas particulier, elles en souf-friront jusque dans leur descendance.

Combien, à ces esprits qui tiennent le doute en exécration, il faut préférer un autre de mes amis, sceptique, celui-là, et doué d'ailleurs en toutes choses d'une vision si nette qu'il est membre de l'Ins-titut.

Voici comment il use des concours, des séances solennelles et de toutes ces nobles émulations au milieu desquels il est obligé de vivre. Ayant une maîtresse, il ne lui donne pas un sou de l'année, mais il la fait couronner à chaque séance annuelle des cinq Académies : une année, cinq mille francs par l'Académie des sciences morales (prix des vieux serviteurs), et l'autre année, trois mille francs (prix de poésie).

Cela est d'une bien jolie intelligence, car dans l'amour il y a en effet une part de domesticité et une part de poésie; c'est en outre d'une merveilleuse économie sociale.

Je cite ce trait pour conquérir aux sceptiques les sympathies de ceux qui attachent de l'importance à une bonne organisation de la vie, mais ce n'est pas là que j'admire mes amis. Je les goûte précisément pour leur désintéressement dont je vois une indication de plus dans certaine absence de scrupule qui pourrait blesser des esprits peu réfléchis.

Quand on n'a les yeux tournés que vers les problèmes les plus hauts, on ne s'attarde pas beaucoup à peser les petits débats d'au jour le jour. M. Renan, toujours en

12

communion avec les plus beaux génies de
l'humanité, a un mépris si complet des
intelligences qu'il coudoie que cela l'entraîne dans la conversation à de conti-
nuelles complaisances ou injustices, d'ailleurs sans gravité. Ce caractère se touche
du doigt dans la critique littéraire : les
plus grands artistes sont de détestables
juges.

M. Anatole France, par exemple, se fait
des belles-lettres une image si noble qu'il
ne lui vient pas à l'idée un seul instant
de compromettre dans la vie littéraire au
jour le jour les sentiments qu'elles lui
inspirent. Et chaque semaine il porte sur
la production littéraire de son temps des
jugements qui paraîtraient d'un homme
injuste, si l'on ne sentait précisément que
c'est son indifférence d'artiste, dédaigneuse

de tout ce qui n'est pas son propre rêve,
qui le fait glisser dans toutes ses complaisances.

L'autre jour j'ai assisté à la représentation d'un merveilleux mystère, intitulé
La Marche à l'Étoile. On voyait passer des
gueux, des soldats, des femmes, des princes; ils traversaient les villes et les plaines
pour se rendre à Bethléem. Ils ne voyaient
rien, ayant les yeux fixés sur l'étoile. Ils
suivaient leur rêve. C'étaient les plus beaux
des croyants. Mais je devine ce que pensaient d'eux les peuples au milieu desquels
ils passaient et qui ne les comprenaient
pas. On les traitait de bandits, d'hommes
sans moralité. Ils ne s'intéressaient, en
effet, à rien de ce qui est la vie du vulgaire. Leur désir était si violent, leur rêve
les attirait si fortement que tout le reste

leur semblait indifférent. De là ces allures
de sceptiques qu'ils avaient, eux les hommes
de foi, du point de vue de leurs contemporains trop passionnés par leur terre-à-
terre pour distinguer l'étoile.

Traiter de sceptiques ceux qui se donnent tout entiers à une préoccupation
essentielle! cette confusion naïve ne date
pas d'aujourd'hui; c'est à toutes les époques qu'on a voulu accabler sous ce nom
décrié ceux qui, réservant leur passion pour
de plus nobles buts, refusent de s'intéresser
réellement à la cause des divers cochers
qui mènent la fortune des hommes, ou
de prendre une opinion dans la dispute des
concierges variés qui jugent les potins du
jour.

J'avais pensé adresser cette observation, sous forme de lettre, aux étudiants

de l'*Association générale de Paris*, qui, si j'en crois un des leurs, M. Bérenger, et leur maître le plus aimé, M. Lavisse, ne souffrent pas qu'on se garde une chapelle isolée, veulent qu'on prenne parti dans toutes les formes de l'activité de ce temps et traitent de déserteurs tous ceux qui se réservent par quelque côté.

« La jeunesse actuelle, disent-ils d'eux-mêmes, aussitôt débarquée, manifestera en art comme en politique, dans l'action comme dans la pensée, son adhésion à la société moderne, sa foi dans la science et la démocratie, son amour du peuple et de la patrie. » Problèmes palpitants ! est-ce moi qui le nierai? mais un peu nombreux. Ces questions-là sont bien difficiles à résoudre en théorie, et en action plus encore, si, comme je n'en doute pas, ces

messieurs veulent, avant de rien réaliser,
se faire sur tout cela des opinions par eux-
mêmes. Pour ma part, je l'avoue, plus
que par ces paroles d'énergique confiance
de nos jeunes gens, je suis touché par la
sincérité absolue d'un sceptique qui disait :
« Il y a plus de trente ans que je philosophe, très persuadé de certaines choses,
et voilà cependant que je commence à en
douter. »

J'ai renoncé à adresser à ces messieurs
de la Sorbonne la réponse des sceptiques.
Ceux-ci, au résumé, ne prennent pas grand
souci de l'image que se font d'eux les
autres hommes, ils connaissent trop bien
l'incapacité où se trouve l'esprit le plus
solide de rien comprendre véritablement
des autres esprits.

Le sceptique se dit, avec un sens très

net : « Je suis un pommier, je produis des pommes ; celui-là est un poirier, qu'il produise des poires, nous n'avons aucun reproche à nous faire. » Qu'il y ait donc de vigoureux esprits dogmatiques, mais qu'ils permettent pourtant d'exister à ceux qui possèdent la défiance des formules, le culte de quelques idées rares et le don des sourires. Les poiriers ont bien raison de produire des poires, mais tout de même il ne faut pas non plus qu'ils s'exagèrent leur importance dans la nature ; c'est ce que le bon sens populaire a voulu indiquer dans cette locution familière : « Ne fais donc pas ta poire ! » qu'il adresse aux esprits décidément trop dépourvus du don de sourire.

CHAPITRE III

(SYNTHÈSE)

CONCILIATION DES ANTINOMIES
DE LA PENSÉE ET DE L'ACTION

Diverses personnes, préoccupées de sociologie, ont coutume de déplorer la disparition de l'esprit de solidarité dans une
partie de la jeunesse française. Elles voudraient qu'aucun homme utilisable ne
s'isolât et que nul ne s'abstînt de collaborer activement à la besogne de notre
époque : relèvement de la patrie, suture
de l'ancienne France et de la démocratie,
conciliation du travail et du capital, élabo-

ration de nouveaux préjugés plus conformes aux hypothèses scientifiques aujourd'hui accréditées.

A cette prédication, M. Lavisse et M. de Vogüé emploient de hautes qualités de cœur et d'intelligence, et certains journalistes, de la vivacité.

Ces derniers toutefois circonscrivent mal le débat. Ayant constaté que des jeunes gens se tiennent en dehors de la vie publique, ils concluent que c'est mépris des intérêts généraux. Voilà bien l'erreur d'esprits habitués à simplifier le caractère de leurs adversaires pour mieux le discréditer en trois cents lignes ! Ces analystes, ces égotistes, ces dilettanti, ces sceptiques enfin que vous querellez, loin de mépriser aucun ordre d'activité, se piquent d'être compréhensifs. S'ils demeurent à l'écart, ce n'est point que l'intérêt des événements et des hommes leur échappe, c'est qu'ils sont capables de comprendre toutes les formes de l'âme humaine, dont une seule vous est intelligible. S'ils sont fort empêchés de prendre un parti, ce n'est point qu'ils les repoussent tous, mais qu'ils les agréent tous. Vous leur en offrez au choix deux ou trois qu'ils admettent également et, pour rompre leur indécision, il faudrait qu'on leur proposât un groupe d'où l'on vît les choses sous un aspect d'éternité.

La pensée, l'usage de la raison isolent. Au rebours de l'homme des quais de Marseille qui ne vit plus que hors de soi (en voilà un qui ne se désintéresse de rien !) celui chez qui la vie intérieure est intense arrive à ne plus être influencé par les choses extérieures. Il se renferme dans une

sorte d'égoïsme supérieur, non pas dans
ce sentiment poltron qui ramène tout à ses
intérêts propres, mais dans le goût passionné de la compréhension. Nul souci dès
lors d'apporter notre gerbe d'idées sur la
table où communient les hommes, nous
n'y apporterons que les mots convenus
pour obtenir la tranquillité. (Référez à l'organisation de vie qu'adoptent les plus
grands philosophes.) Les penseurs de l'an-
tiquité qui disaient : « Sacrifions aux Dieux
de l'Empire » formulaient un des traits de
ce désintéressement hautain, proscrit à
toutes les époques par « les hommes d'action. » Ne tolérer en soi aucune immixtion
étrangère et en même temps s'abstenir
d'agir sur autrui, voilà proprement une
vie de pensée opposée à une vie d'action.
C'est nier qu'il existe d'autres personnalités

que la nôtre. Et il n'était pas inutile
d'éclairer ce mot, l'*action* car il est des
publicistes qui se figurent qu'aller en bicycle
c'est agir. Non, ce n'est que se ridiculiser.

A certains qui opposent les adolescents
du lendit à ces jeunes analystes repliés sur
eux-mêmes et dédaigneux de participer aux
luttes du siècle, je réplique simplement que
lesdits gymnastes sont une quantité négligeable qui n'a de nom dans aucune classi-
fication intellectuelle.

Elle est assez belle la liste de ceux qui se
sont abstenus d'agir pour qu'aucun d'eux
ne rougisse. La vie contemplative des cloî-
tres vous a une autre allure que l'intrigue
canaille du Palais-Bourbon, et que vous
semble de l'Imitation, bréviaire de la vie
intérieure, à côté des mémoires du plat
Franklin qui sont le parfait manuel de

l'homme d'action ? La seule raison soute-
nable de regretter chez les hommes d'analyse ce manque d'esprit de solidarité et
leur abstention de l'action, c'est qu'eux-
mêmes s'en attristent.

Jamais les protestations soulevées contre
ce hautain isolement n'ont égalé les accents
douloureux de ceux qui semblent s'y com-
plaire. Rappelez-vous avec quelle intensité
le jeune Sainte-Beuve, qui s'est dépeint
dans Amaury, Amiel et d'autres souffraient
de ne point agir. Nos jeunes gens d'éducation gœthienne estiment qu'on a tiré de
l'individualisme tout ce qu'il peut fournir
pour l'instant et qu'il serait à propos d'en
revenir à une conception plus généreuse
de l'activité. Mais quel foyer saurait rani-
mer ces ardeurs endormies ? Quelle passion
refera l'unité de ces énergies déliées ? A

quel souci se dévouer et sur quelle idée se
grouper ?

Là gît tout le problème. Le secret de
notre dégoût est dans la niaiserie des buts
proposés à notre activité.

Qu'un Bonaparte surgisse et projette
jusqu'aux retraites les plus closes l'incomparable image de la gloire, soudain tout se
transforme ! Tel qui n'était qu'une bête de
proie, un aventurier dangereux devient un
soldat intrépide ; tel autre, simple honnête
homme, un de ces commis prodigieux de
qui l'empereur sut tirer un fabuleux travail, et le rêveur lui-même éprouve la
secousse qu'eut M. de Ségur quand, jeune
Werther provincial qui rencontre aux gril-
les des Tuileries (18 Brumaire) la jeune
gloire du premier consul, il s'écria : « Moi
aussi, je veux agir ! »

Cet élan généreux, ces poussées de la sève, ce n'est pas seulement au début de ce siècle que la France les ressentit. Comme il fut noble à son départ l'héroïque mouvement humanitaire qui échoua en 48! L'enseignement d'Auguste Comte, les rêves de Fourier, l'organisation phalanstérienne arrachaient au personnalisme des volontés aventureuses, des âmes délicates et de grands hommes d'affaires. Cette fois-ci, c'est le socialisme qui s'organise et semble à la veille d'utiliser les forces considérables qu'il a amassées. Pour un tel départ, comme aux jours où Bonaparte refondait la France, comme à l'éveil humanitaire du milieu de ce siècle, toutes les énergies s'empressent d'accourir.

Courons-nous à une désillusion? le problème n'est-il pas d'une qualité insoluble?

Question oiseuse à cette place, car notre problème est moins de trouver une solution au socialisme que d'employer l'analyste. Nous lui proposons de collaborer aux longs efforts de la solidarité humaine pour les déshérités. Voilà une tâche non viagère, une communion avec l'âme des masses, un élan dans le sens même où marche l'humanité. Belle occasion de donner cours à ces forces inemployées dont le tumulte ravage notre âme.

II

Mais ces hommes organisés pour la pensée pure qui prétendent se mêler à l'action, peuvent-ils y être utiles?

Selon leur double vœu, se compléteront-ils et fortifieront-ils les causes qu'ils embrassent ? Leur propre bonheur — qui est dans l'accord des pensées et des actes — et la tâche où ils se donnent seront-ils affermis par cette détermination ?

A les voir embarrassés de si grandes complications morales, j'hésite.

Il y a des exemples instructifs. Choderlos de Laclos qui témoigna par son livre, *Les liaisons dangereuses*, de sa merveilleuse aptitude à démonter les mobiles des hommes et qui goûtait, avec une compréhension dont quelques-uns s'épouvantent, le mécanisme des êtres, ayant collaboré à l'intrigue de Philippe-Égalité, chez qui il était admirablement placé pour voir clair et pour agir, meurt à Tarente dans l'engrenage des petits soucis militaires sans avoir utilement servi son pays ni soi-même. Benjamin Constant, un analyste et un

solitaire lui aussi, et de quelle qualité ! les
lecteurs d'*Adolphe* et les dévots du *Journal
intime* en décident, amené à la vie active,
par le besoin de se distraire, s'assure par
son talent la gloire, mais son caractère
était si mal approprié aux nécessités de
l'action qu'il n'y obtint pas la considéra-
tion. Comme Laclos, il termina sa carrière,
mécontent de soi-même et de l'emploi
qu'il tenait dans le monde. Chateau-
briand ne sut pas non plus dissiper dans
l'action ses humeurs qu'il avait magnifiques
mais chagrines ; il ne parvint pas à aimer
l'opinion qu'il professait, et par dégoût de
ses amis il se sentait quelque complaisance
pour les Béranger de l'opposition ; il des-
servit son parti, tout en le brillantant, et
se mécontenta soi-même.

Mais si instructives que soient pour

notre enquête les physionomies de ces divers personnages, elles ne portent pas la certitude, car il est toujours loisible de plier des biographies d'après une théorie préconçue, et puis, entre ces regrettés analystes et nos contemporains, il est des nuances de sensibilité. Resserrons donc le problème et examinons comment agirait un de ces hommes d'analyse, s'il se rendait à l'invitation de nos moralistes.

Se mêlera-t-il à la vie politique? Dès lors, il lui faut donner confiance à ses partisans, quand même il prévoit un échec; ne reconnaître que des qualités à ses amis, alors que, né clairvoyant, il souffre de leur médiocrité et de leurs maladresses; être injuste pour ses adversaires, qu'il est bien capable de comprendre

au point de les admirer. Surprenantes
nécessités, fâcheuses mœurs, dites-vous !
Tout votre blâme ne les changera pas.
M. X*** ayant à la tribune rendu hommage à un adversaire, regagnait sa place
au milieu de « mouvements divers ». Un
vieux parlementaire lui dit : « Croyez,
jeune homme, qu'il faut laisser à vos
ennemis le soin de se louer eux-mêmes. »
En effet, la phrase stéréotypée devint :
« Monsieur X*** a été forcé de reconnaître publiquement... » J'admets qu'il
se donna un bel air d'impartialité, mais il
nuisit aux siens et, pour avoir voulu
raffiner sur la délicatesse, manqua au
code d'honneur du partisan. Qu'il se
soustraie à cette convention, direz-vous.
Rester en dehors des coteries ? mais cette
attitude attirerait tant de sympathies, grou-

perait tant de dévouements, que ce serait
sortir des partis pour en fonder un autre,
où renaîtraient de suite les mêmes nécessités qui forcent à se contredire et notre
pensée et nos actes.

On disait encore à un grand orateur :
« Quelle satisfaction vous devez éprouver,
quand la Chambre entière vous acclame. »
— « Rien que de l'humiliation, répondit-il,
car pour émouvoir des hommes réunis, il
faut s'adresser aux parties qui sont com-
munes à tous et ce ne sont jamais que des
sentiments bas : la haine, la peur ou de
sottes sensibilités. Les hauts raisonne-
ments qui m'ont amené à la conviction
que je veux communiquer et qui la justifient, détermineraient tels esprits isolés,
mais jamais n'enlèveront l'adhésion d'une
assemblée. »

Dans la vie politique, — hors les pério-
des révolutionnaires, brèves et fortes, où
il y a chance pour qu'il soit entraîné par
la même passion qui emporte le pays, —
l'analyste ne peut pas accorder ses pensées
et ses actes ; il garde le don insubmersible
de comprendre même ses amis, même ses
adversaires, et de se décider d'après la raison froide.

Fort bien, dira-t-on, mais pour exercer
son action sur ses semblables, pour aider
à la collectivité, il n'est pas que la politique. Que l'analyste sorte de la querelle
des partis où il convient mal, et qu'il
s'emploie par exemple dans l'enseignement.

Écoutez alors cette lettre d'un jeune
professeur de philosophie, et des plus distingués (Romain Coolus), à un écrivain
de ce temps ; vous y surprendrez la même

conscience excessive des difficultés que
c'est pour concilier ses principes et ses
actes; son rêve et les conditions de la vie.

... Je fais sur un certain nombre d'intelligences
qui me sont confiées de véritables cures, si je puis
dire sans immodestie, et relevant de la psychothérapie. Intelligences enveloppées et qui s'ignorent, personnalités confuses et indistinctes, indivi-
dualités anonymes en qui il faut créer et faire
surgir une vie intérieure. Il convient de susciter
quelques inquiétudes en ces âmes dont la passive
placidité n'exprime que l'absolue disette d'émotions et d'exaltation. Il faut les faire naître à l'enthousiasme, leur communiquer quelque passion
qui les exalte, les élever jusqu'à la dignité d'un
amour ! Et ils ne sont même pas et ne seront peut-
être jamais capables d'une vision qui les enchante !

Or, dans cette œuvre, des doutes m'arrêtent. Je
suis entouré et écouté d'une majorité d'égarés (pour
parler doucement) qu'un strict discernement de
leurs capacités natives eût péremptoirement dési-
gnés à l'aunage des étoffes et au terrassement. Des

paroles, qu'ils paient pour entendre, peuvent laisser en ces âmes troubles de singuliers malaises et trouver en ces cerveaux insuffisants d'imprévus et dangereux commentaires. Ces jeunes gens, inaptes à ces besognes, ne peuvent-ils pas garder de ces fréquentations involontaires avec des idées incomprises de fortes courbatures cérébrales, et n'ai-je pas à craindre qu'ils n'aient quelque jour à me reprocher un commencement de détresse morale ?

L'un d'eux ne sollicitait-il pas de moi « de moins problématiques certitudes », et cette naïveté préoccupa quelque temps mes heures de solitude. Est-ce un louable vouloir en somme que de transformer ces pures capacités de plaisir et de douleur en capacités de réflexions, en hommes pour qui la vie soit un problème et l'action une douloureuse et tâtonnante recherche ?

Vous invitez des jeunes gens à soumettre leurs préjugés à la critique philosophique, ne craignez-vous pas que quelques-uns d'eux, sensibles seulement aux objections, n'aillent dès lors désemparés pour n'avoir

su ni accepter ces préjugés après vérification, ni leur en substituer d'autres ? Vous
leur proposez les analyses rigoureuses des
penseurs vigoureux, mais vous ne pouvez
les distribuer selon la force de résistance
des vingt-cinq enfants inégaux qui vous
entourent, et prévoyez-vous les ravages
qu'elles produiront en eux ? Spinosa déduit
que la pitié est un sentiment inférieur,
d'après lequel il ne convient pas de se
conduire, car seule la raison vaut. Cette
règle d'éthique, M. Renan l'a reprise dans
une autobiographie qui scandalisa : « Je
n'ai jamais rendu de service à personne,
de peur de froisser la justice. » A l'examiner, cette affirmation, outre qu'elle n'est
que l'antithèse du népotisme, blâmé par
tous, ne contrarie guère nos habitudes,
puisqu'il est admis que nous choisissons

nos amis parmi les hommes les plus beaux
et les meilleurs ; mais quel désarroi chez
des êtres qui, n'ayant point de naissance
le don de raisonner juste, n'eussent jamais
été meilleurs qu'en suivant leur pitié !

Si du professeur nous passons à l'écrivain, se précise le problème de la respon-
sabilité littéraire. Une canaille lisant un
livre n'y risque rien qui m'émeuve, mais
tel esprit ardent et généreux, dans tel
ouvrage où il se jette avec avidité, ne va-
t-il pas trouver des éléments inassimilables
à sa nature, un vrai poison, vu son idio-
syncrasie, comme il advint à Robert Gres-
lou dans le roman fameux de Paul
Bourget ?

Sentez-vous combien de tels scrupules
sont particuliers ? Cette angoisse de la
répercussion des idées, l'eussiez-vous trou-

vée chez les poètes de l'art pour l'art qui,
simplifiant le problème, déclarent qu'il
n'y a pas de beauté malsaine (ces pauvres
gens ignorent sans doute la beauté d'un
sophisme et la saveur de l'hypocrisie sen-
timentale ?) Fut-elle davantage chez un
Claude Bernard qui se préoccupe minu-
tieusement de la qualité logique de ses
conclusions et jamais du cerveau où elles
tomberont? De même, cette aptitude à
identifier dans son esprit les opinions les
plus opposées et cette répugnance aux
moyens d'exécution, l'éprouvaient-ils, les
politiciens qui, hier encore, satisfaisaient
notre imagination, orateurs héroïques à la
Michelet, ou Talleyrands revus par Balzac.
Et ce professeur, lui aussi, ce Coolus, qu'a-
t-il de commun avec le professeur de 48
qui qualifiait naïvement ses auditeurs de

« vraie jeunesse » ou de « fausse jeunesse », selon qu'il prévoyait en eux des
agents électoraux pour la Pologne et la
liberté, pour les jésuites et la réaction ?

Louerai-je ou non ces distingués prédécesseurs de ne point s'embarrasser de nos
scrupules ? Là n'est pas le débat, non plus
que de savoir si ces scrupules sont fondés ;
ce qu'il fallait démontrer, c'est qu'ils sont
réellement ressentis. Que cette difficulté à
concilier les contradictions de la pensée et
de l'action tienne moins à l'ordre des occu-
pations où s'essaye l'analyste qu'à la qualité même de son esprit, j'en suis sûr,
mais n'empêche que voilà des hommes
annihilés et désolés.

« Il n'y a pas de meilleurs que vous,
mais vous êtes impuissants ! » s'écrie le
grand poète Ibsen de son Rosmer, affamé

lui aussi de bien agir et entravé par des
scrupules. Et ce sont ces antinomies plutôt
qu'aucune thèse particulière que mettent
en relief ses drames sociaux.

Impuissants, ces dévouements désinté-
ressés, ces intelligences si avisées, si aiguës !
Qu'est-ce à dire ? C'est que tous ces Rosmer, habitués à se mouvoir dans la logique, dans des hypothèses épurées de toutes
complications, demeurent inhabiles devant
les parcelles grossières dont est mêlé tout
acte. Ainsi des chimistes, si merveilleusement outillés de formules abstraites, tâ-
tonnent et se déroutent, s'il s'agit de pré-
parer un repas avec le lait, le beurre et
tous les « mélanges » qu'on trouve sur le
marché. Trois ou quatre parts de bassesse
sont les conditions nécessaires à toute
action ; pour les supporter, il faut le don

des élus, joindre la force à la délicatesse.

Ah ! combien je l'admire, l'intuition du poète anglais Keats, quand il décrit Alcibiade couché au fond d'une barque dont ses larges épaules touchent les deux bords, et soudain s'interrompant, s'écrie : « Car, j'en suis sûr, Alcibiade avait de larges épaules. »

Ces larges épaules, cette vigueur qui feraient de nous des êtres poursuivant avec aisance et avec joie la tâche que nous nous sommes fixée, quelle doctrine morale saura nous les donner ?

La casuistique y tâcha. Du point de vue catholique, elle conciliait les contradictions qu'il y a parfois à agir utilement pour la gloire de Dieu et l'édification du prochain tout en respectant les principes sacrés. Doit-on mentir pour éviter à autrui un

péché? Autant de cas, autant de solutions.
Si admirables psychologues et si honnêtes
gens que fussent les casuistes, ils scandali-
sèrent le monde jusqu'au jour où le monde
les bouffonna. Ils n'ont rien laissé que de
vaines et décriées éruditions.

La vraie solution? Je l'entrevois, mais
n'ose trop la dire. Elle pourrait accabler
qui, l'ayant formulée, serait mal compris.

Ce mot unique qui supprimerait nos
scrupules, qui referait l'unité dans ces consciences en désarroi devant la vie, il faut le
chercher à la même source où nous avons
pris notre besoin d'agir, et comme c'est
l'amour seul qui nous pousse à sortir de
notre individualité, c'est l'amour aussi qui
présidera à notre action sociale. Comme il
fut notre mobile, qu'il soit notre loi. Nous
sommes sortis de notre culture égotiste

par le souci généreux d'exercer une action utile sur nos semblables, d'aider à la collectivité. Ni la notion du devoir, ni les lois écrites n'eussent su nous arracher à notre rêve et faire de nous des agissants; dès lors, nous sommes sous la loi seule de l'amour, déliés des vieilles notions du devoir et des formules. Quand tous nos principes sont en javelle, comment subsisterait-il d'autre scrupule que de peiner un être ?

Mais, dira-t-on, dans cette anarchie quelle est la base logique de cette exception d'amour ? Reportez-vous aux raisons mêmes qui décident les hommes de pensée à entrer dans l'action. Leur aspiration vers l'activité est un acte d'amour et perdrait de suite avec son sens, son énergie, si elle allait contre l'amour. De bien belles légendes pourraient être écrites là-dessus, et

je vois l'analyste dans l'action comme un
rêveur qui, s'étant fait chevalier errant
pour servir sa dame , triomphe de tous ses
ennemis tant qu'il lui reste fidèle. Mais du
jour qu'il lui manque, il perd sa force et
n'est plus que le jouet des circonstances,
inutile à ses amis et méprisé de soi-même.
Cela se conçoit : sa vigueur, c'était la sève
d'amour qui était en lui. Qu'il rentre dans
son manoir à lire les actions des autres,
qu'il retourne à ses histoires de chevalerie.

Pour l'analyste guidé par le seul amour,
voyons comment il franchira les difficultés
où tout à l'heure il se heurtait.

Homme politique, s'il apporte à la tribune les seules préoccupations d'amour en
place de l'orgueil de son intelligence, la
volupté de communier avec les simples le
débarrassera de l'humiliation des sen-

timents peu raffinés qu'il lui faut exprimer.

Professeur, il se libérera de l'angoisse
qu'il ressent à troubler par des vérités trop
hautaines des intelligences modestes, s'il
met sa préoccupation, non pas à étaler le
fatras de raison humaine, mais à donner
à chacun ce qui lui est bon. Qu'il emploie
son don d'analyse à servir à chacun des
vérités appropriées.

Écrivain enfin, il évitera les cruelles désil-
lusions de l'honnête homme qui voit le mal
venir dans le monde par ses idées, parce
qu'il prendra pour critérium de leur vérité,
non leur qualité logique (la logique ! si
incertaine d'ailleurs, et menant avec une
rectitude égale à des conclusions contradic-
toires), mais leur convenance à augmenter
le bonheur dans le monde.

Toute licence sauf contre l'amour, voilà la règle unique mais sûre pour que des analystes se mettent avec aisance en rapport avec d'autres personnalités, et connaissent la distraction d'être politiciens, pédagogues et publicistes. Qu'ils laissent en eux l'amour développer toutes ses conséquences. Sa grâce est plus forte que tous les scrupules. Il les détruit tous pour leur en substituer un seul : *ne chagriner aucun être.*

TOUTE LICENCE, SAUF CONTRE L'AMOUR, mot admirable qui mettrait tant de nouveauté dans le monde !

On me demandera encore le moyen de ressentir cet amour. Ce n'est assurément pas en écoutant aucune pédagogie. Nulle éloquence, nulle dialectique ne nous augmente. Nos sentiments ne sont qu'en nous-mêmes et pas ailleurs. Le sentiment de la solidarité, l'amour à fleur de peau devant les angoisses physiques, gît pas bien profond en nous, tout prêt à s'émouvoir pour les nuances psychiques de la vie universelle, très apte à en distinguer les plus délicates variations. Il est un instant de la connaissance que prend tout être penché sur soi-même, un épanouissement nécessaire de qui sait cultiver son moi.

NOTE AU CHAPITRE II

Le comité de l'Association des étudiants n'a pas
accepté notre façon de voir. Sa réponse dans le
Figaro du 27 mai 1890 est trop longue pour qu'on
la joigne ici; du moins, indiquons-en les princi-
paux traits.

1. L'Association n'est pas un café, objectent ces
messieurs, car le café qui se trouve dans notre im-
meuble est géré par des industriels à leurs risques
et périls.

2. L'Association ne forme pas des esprits médiocres et façonnés tous de même, car d'une part,
nous faisons entre nous des conférences sur les su-

jets les plus divers, et d'autre part, il y a dans notre comité quinze licenciés, cinq internes, un second prix de Rome. Enfin deux de nos anciens membres sont maîtres de conférence.

3. Nous ne sommes pas inféodés à un parti politique, notamment à l'opportunisme, car l'article 35 de nos statuts s'y oppose et, témoignage plus convaincant encore, dans le compte rendu d'un de nos banquets, M. Jules Ferry est nommé le douzième.

Les lecteurs jugeront. Le seul point où ces messieurs passent la note, c'est quand ils veulent croire que je diminue MM. de Vogüé et Lavisse. Illusionisme et enfantillage! La discipline universitaire a cet inconvénient de former des esprits qui, durant toute leur vie, seront épouvantés et scandalisés si l'on contredit un penseur considéré, un sous-préfet ou un gros propriétaire dans un canton. J'estime infiniment le caractère de l'œuvre sociale poursuivie avec éloquence et persistance par les deux nobles esprits que je viens de citer; je répéterai, comme je le dis ailleurs, que je me sens fortifié devant moi-même à me sentir d'accord avec eux sur nombre de points, mais avant tout j'aime *ma* vérité, c'est-à-dire les choses qui, pour moi, sont évidentes. Au reste, les étudiants associés sont dupes d'une illusion, familière aux corps constitués, en ne distinguant pas que les opinions exprimées sur leur groupement par Lavisse et Vogüé sont après tout un simple paragraphe dans la pensée et dans l'action de ces messieurs.

Quant à moi, je ressens avec une extrême vivacité la faute que c'est, contre l'originalité française, de saisir le jeune bourgeois de vingt ans qui s'échappe enfin des rudes moules universitaires, et, — quand il va courir selon son instinct, vérifier son génie et augmenter, par sa libre quête d'adolescent, notre patrimoine commun, — de l'appâter dans une organisation de brigues parlementaires, de papotages veules, et d'hommages au monde officiel.

Si les hommes qui président tout cela veulent servir les étudiants, au lieu de les mêler à leurs vanités ou querelles et de les façonner sur leurs préjugés, qu'ils les organisent en association culinaire où, pour des prix raisonnables, on ne sera pas empoisonné. L'idée d'une association de ce genre, où nos bacheliers se libéreraient des exploiteurs qui les débilitent en s'enrichissant, mériterait qu'on l'étudiât. Avec quelle convenance celui qui la mènerait à réussite ne pourrait-il pas, au dessert du banquet annuel, parler de la « réfection de l'âme française » !

Les estomacs de nos étudiants ont des besoins communs ; ce que je nie de leurs cerveaux. Et, d'autre part, à considérer les produits que l'Université livre à la circulation, il apparaît que ces jeunes gens ont trop de bons maîtres et pas assez de bons cuisiniers.

TABLE DES MATIÈRES

TROIS STATIONS DE PSYCHOTHÉRAPIE

TOUTE LICENCE SAUF CONTRE L'AMOUR

IMPRIMERIE CHAIX, RUE BERGÈRE, 20, PARIS. — 8684-5-13. — (Encre Lorilleux).

OEUVRES DE MAURICE BARRÈS

Collection à **3** fr. **50** c.

LE CULTE DU MOI

* SOUS L'OEIL DES BARBARES . . . . 1 vol.
** UN HOMME LIBRE . . . . —
*** LE JARDIN DE BÉRÉNICE . . . . —

LE ROMAN DE L'ÉNERGIE NATIONALE

* LES DÉRACINÉS . . . . 1 vol.
** L'APPEL AU SOLDAT . . . . —
*** LEURS FIGURES . . . . —

LES BASTIONS DE L'EST

* AU SERVICE DE L'ALLEMAGNE . . . . 1 vol.
** COLETTE BAUDOCHE, histoire d'une jeune fille de Metz . . —

L'ENNEMI DES LOIS . . . . 1 vol.
DU SANG, DE LA VOLUPTÉ ET DE LA MORT . . . . —
AMORI ET DOLORI SACRUM *(La Mort de Venise)* . . . . —
LES AMITIÉS FRANÇAISES . . . . —
SCÈNES ET DOCTRINES DU NATIONALISME . . . . —
LE VOYAGE DE SPARTE . . . . —
GRECO OU LE SECRET DE TOLÈDE . . . . —
LA COLLINE INSPIRÉE . . . . —

ADIEU A MORÉAS. Une brochure . . . . Prix 1 fr.
UN DISCOURS A METZ (15 août 1911). Une brochure. . . . Prix 1 fr.
DISCOURS DE RÉCEPTION A L'ACADÉMIE FRANÇAISE. . . . . Prix 1 fr.
RÉPONSE AU DISCOURS DE M. JEAN RICHEPIN, de l'Académie
    Française . . . . Prix 1 fr.

IMPRIMERIE CHAIX, RUE BERGÈRE, 20, PARIS. — 0000-1-12

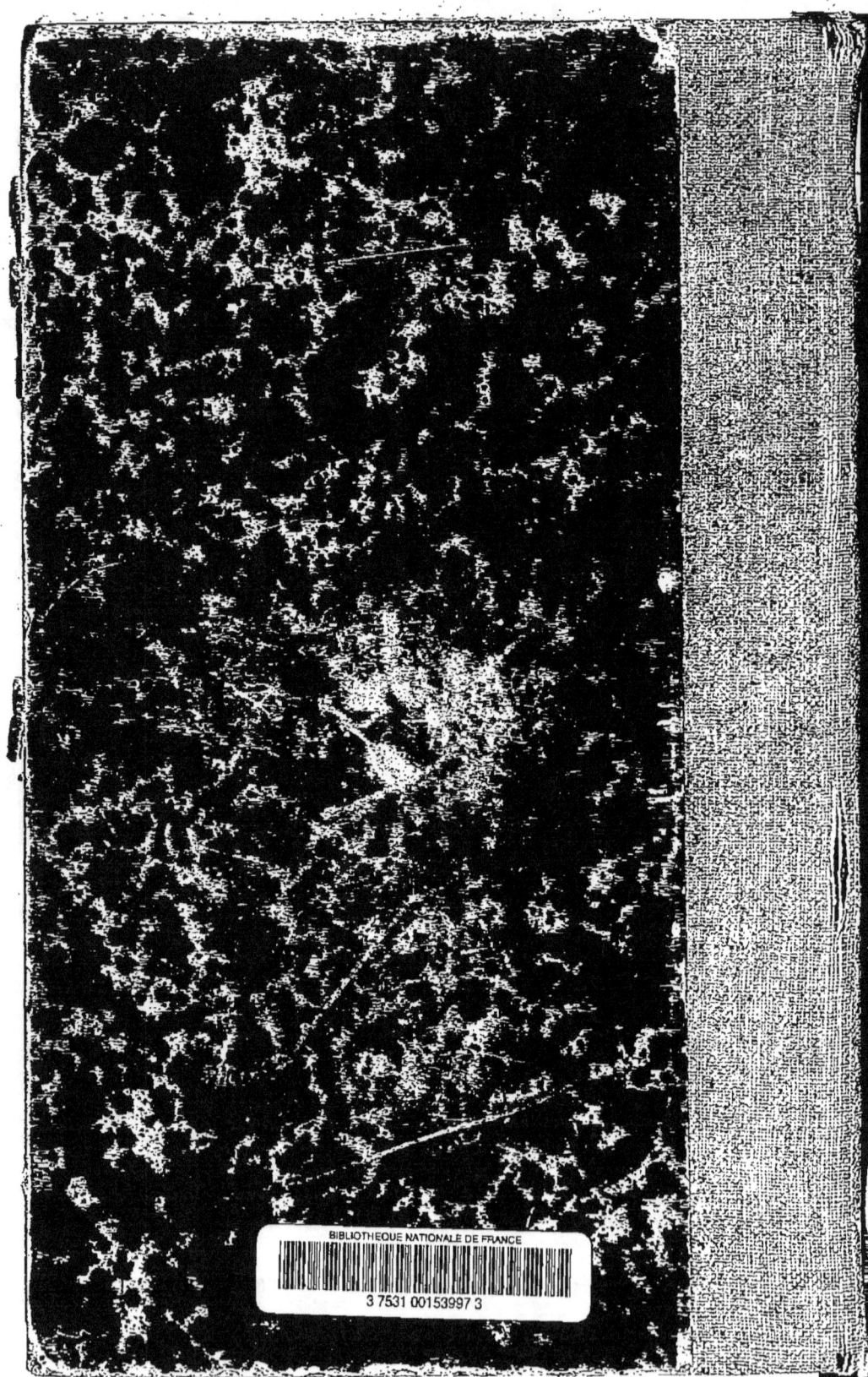